公家さま隠密 冷泉《れいぜい》為《ため》長《なが》

倉阪鬼一郎

コスミック・時代文庫

この作品はコスミック文庫のために書下ろされました。

目次

第一章　謎の道場破り

一

「とりゃっ！」

　気の入った声が響いた。

　ここは南茅場町《みなみかやばちょう》――。

　八丁堀《はっちょうぼり》からほど近いこの町の一角に道場がある。

　その名を東西館《とうざいかん》という。江戸、ひいては日《ひ》の本《もと》の東西の人々がここに集《つど》うようにという願いをこめた名だ。

　道場主は志水玄斎《しみずげんさい》。

　柳生新陰流《やぎゅうしんかげりゅう》免許皆伝の腕前だ。

　もうかなりの歳だが、いまだ矍鑠《かくしゃく》としている。奥の畳の上に陣取って弟子たちの稽古《けいこ》に目を光らせるばかりでなく、ときにはひき肌竹刀《はだしない》を握って門人たちに稽古をつける。玄斎がいるだけで、道場の気がぴりっと締まる。

いま稽古を行っているのは師範代と門人だ。道場主はじっと腕組みをして見守っている。

「てやっ」

門人が踏みこんだ。

北町奉行所の隠密廻り同心、春田猪之助《はるたいのすけ》だ。

近くて通うのに難儀をしないから、八丁堀の役人もいくたりか門人に名を連ねている。その大将格が春田同心だった。

名は体を表すがっしりした体格だ。

さほど上背はないが、足に根が張っているかのようで、体の幹が揺るがない。

「ていっ」

今度は師範代が打ちこんだ。

「ぬんっ」

春田猪之助が受ける。

小細工は弄《ろう》せず、正々堂々、相手の剣を正面から受け止め、間合いを取って打ち返す。清々《すがすが》しい剣筋だ。

両者の動きが止まった。

互いに間合いを図る。

「手を出せ」

道場主が声を発した。

「はっ」

師範代の敷島大三郎《しきしまだいざぶろう》が小気味よく答え、ただちに面を打ちこんでいった。

稽古熱心で、道場主の信頼が厚い男だ。

「てやっ」

また春田猪之助が受ける。

さらに、すぐさま押し返して間合いを取る。

両者の体が離れた。

そのとき……。

道場に甲高《かんだか》い声が響きわたった。

「頼もう！」

脳天から抜けるような声だ。

道場破りか。

入口のほうを見た春田猪之助は思わず目を瞠《みは》った。


何だ、こやつは……。


続けざまに瞬《まばた》きをする。

驚いたのも無理はない。

道場に姿を現した男は、狩衣《かりぎぬ》をまとい、烏帽子《えぼし》をかぶっていた。

二

「頼もう！」

烏帽子をかぶった男が再び声を発した。

東西館に道場破りが現れるのはいまに始まったことではない。これまでも折にふれて現れた。

だが……。

このような面妖《めんよう》ないでたちの男は初めてだ。

まとっているのは白い狩衣、頭には烏帽子をかぶっている。

しかも、尋常《じんじょう》な烏帽子ではない。

金色《こんじき》だ。

「おぬしは何者だ」

いったん竹刀を納めた春田猪之助がたずねた。

道場主の志水玄斎も、師範代の敷島大三郎も、じっと見守る。

「まろは、冷泉為長《れいぜいためなが》なり」

甲高い声が響いた。

整った顔だちだが、一つ異様なところがあった。

眉《まゆ》を剃《そ》っているのだ。

化粧《けわい》まではしていないようだが、色は抜けるように白い。

「ま、まろだと?」

春田猪之助はいささか動揺した。

そんな自称を用いる者には、ついぞ会ったことがない。

「おぬしは公家《くげ》か?」

道場主がいぶかしげに問うた。

「いかにも」

冷泉為長と名乗った男はすぐさま答えた。

ひと呼吸おいて、さらに続ける。

「まろは、かの冷泉家の血筋を引く者なり。当家は御《み》子左《こひだり》家の権大納言《ごんだいなごん》藤原為《ふじわらのため》家《いえ》の四男、権中納言冷泉為相《ためすけ》を祖とする。その名の由来は……」

謎の道場破りはとくとくとして語りだした。

「そんな話はどうでもよいぞ」

春田猪之助がじれたように言った。

「そもそも、なぜ公家が江戸にいる」

道場主が肝心なことを訊《き》いた。

「ほほほほほほ」

冷泉為長は口に手を当てて笑った。

いかにも公家らしい笑い方だ。

「まろは冷泉家の血筋を引く者でおりゃあすが、残念ながら傍系《ぼうけい》のそのまた傍系で、まあ言ってみりゃあ、真ん真ん中の冷泉家から見たらおってもおらなんでもどうでもええようなはみ出し者でござんすよ」

冷泉為長は独特の早口で言った。

江戸風の巻き舌になったり、唐突に上方訛《かみがたなま》りになったり、なにかとせわしない。

「はみ出し者の風来坊か」

春田猪之助が言った。

「いかにもいかにも」

冷泉為長は歌舞伎役者が見得を切るようなしぐさをした。

主役でも張れそうな整ったご面相だ。

「風の吹くまま、流れ流れておりゃあすよ。剣法も諸国仕込みの野良なれど、腕にはちょいと覚えがありゃあして、いざいざ勝負！」

道場破りは木刀を構えた。

「待たれよ」

師範代の敷島大三郎が制した。

「わが東西館は柳生新陰流の道場なり。わが流派では、相手に怪我を負わせぬよう、牛の皮などをかぶせたこのひき肌竹刀を用いる」

師範代は手にしたものをかざした。

「これにて勝負だ」

春田猪之助も同じ竹刀をかざす。

「ほほほほほほ」

冷泉為長は抜けるような笑いを発すると、おのれの木刀を納めた。

「これを使われよ」

敷島大三郎がひき肌竹刀を渡した。

「ならば……おっと、支度があと一つありゃあした」

冷泉為長はそう言うと、頭に手をやった。

金色の烏帽子を脱ぐ。

豊かな冠下《かんむりした》の髷《まげ》が現れた。

これで支度が調《ととの》った。

三

「華道は池坊《いけのぼう》、茶道は裏千家《うらせんけ》。それぞれちょいと心得がありゃあすが、剣の道は名もなき無手勝流。されど、負けた憶えは一度たりともござらんよ。いざいざ、勝負！」

冷泉為長はそう言うなり、正面から面を打ちこんできた。

「ぬんっ」

春田猪之助が受けた。

ぱしーん、といい音が響く。

べらべらしゃべりながらの剣だが、存外に力がある。

「てやっ」

春田猪之助は押し返し、間合いを取った。

「冷泉家の血筋を引き、有職故実《ゆうそくこじつ》ならお手の物なれど、何の役にも立たぬ江戸住まい、糊口《ここう》をしのぐために身をやつす河岸《かし》の荷仕事で鍛えた腕でありゃあすよ。とりゃっ」

冷泉為長がまた打ちこんできた。

講釈は邪魔だが、繰り出すひき肌竹刀はぐんと伸びてくる。

春田猪之助がまた受ける。

しばしもみ合いが続いた。

「何をしておる、春田」

志水玄斎が叱咤《しった》した。

道場主にとってみれば、公家のような面妖ないでたちの道場破りなど東西館の名にかけてただちに撃退したいところだ。さりながら、道場では師範代と同等の格の春田猪之助は明らかにもてあましていた。

「はっ」

春田猪之助は短く答えると、ぐっと力をこめて体を離した。

「打ちこめ、猪之助」

師範代の敷島大三郎が声を発した。

稽古ばかりでなく、しばしば酒を酌《く》み交わす仲だ。

「おう」

隠密廻り同心の表情がさらに引き締まった。

おのれ、目にものを見せてやる。

公家ごときに負けでもしたら、男がすたるぞ。

「とりゃっ」

気合を入れ直した春田猪之助が踏みこんだ。
冷泉為長はひらりとかわした。
俊敏な身のこなしだ。

チャンチャン、チャンチャンチャン
スカラカ、チャンチャン……

唐突に声が響いた。
冷泉為長が口三味線《くちじゃみせん》を発したのだ。

生まれは京の烏丸《からすま》
血筋は公家の冷泉家
されど生来のあぶれ者
諸国流浪《るろう》の旅ばかり……

妙な節回しで唄いながら、ひき肌竹刀を構える。

上段、中段、下段。

目まぐるしい動きだ。

春田猪之助が半ばあきれたように言った。

「唄うな」

「まじめにやれ」

道場主が怒気をはらんだ声を発した。

「黙って戦うのが剣士ぞ」

師範代も和す。

「ははははは」

冷泉為長は笑った。

「まろは説教は聞かぬ。まろを説き伏せられるのは、天地《あめつち》の理《ことわり》のみ。人にあらず」

公家の道場破りはいやに難しいことを口走った。

「ともかく、戦え」

志水玄斎が叱咤した。

「おう」

それに応えて、春田猪之助が踏みこんだ。

四

その後は一進一退の攻防が続いた。

「ちはやぶる」

冷泉為長が独特の高音を発しながらひき肌竹刀を振るった。

「てやっ」

春田猪之助が受け、ひと呼吸おいて打ち返す。

「神代《かみよ》もきかず竜田川《たつたがわ》」

公家のいでたちの男は、ぐっと受け止めて押し返した。

「黙って戦えぬのか」

春田猪之助が苛立《いらだ》たしげに言った。

間合いができる。

「からくれないに」

剣舞よろしく、冷泉為長のひき肌竹刀が動く。

「水くるとは」

歌舞伎役者のごとくに見得を切る。

小倉《おぐら》百人一首の在原業平《ありわらのなりひら》の歌だ。


こやつ、いったい何者だ？


春田猪之助の心の動きが変わった。

これまではむっとするばかりだったのだが、ここまで風変わりな男にはついぞ会ったことがない。あっぱれとまでは言わぬが、いっそ清々しく感じられてきたのだ。

勝手気ままと言うも愚かなふるまいだが、こんなことができる者は日の本広しといえどもそういくたりもおるまい。

「これやこの」

歌が変わった。

それなら知っている。

同じ小倉百人一首の蟬丸《せみまる》の歌だ。

「行くも帰るも」

春田猪之助は割って入った。

ひき肌竹刀で型もつくる。

「別れては」

冷泉為長の声がひときわ高くなった。

莞爾《かんじ》と笑い、ひき肌竹刀を振るう。

「知るも知らぬも」

春田猪之助は歌を口走ってから受けた。

ぱしーん、といい音が響く。

顔が近くなった。

冷泉為長が先に笑った。

憎めない笑いだ。

つられて春田猪之助も笑う。

体が離れた。

「逢坂《おうさか》の関」

歌を締めくくると、冷泉為長はまた見得を切るようなしぐさをした。

そして、ひき肌竹刀を納めた。

春田猪之助も納める。

阿吽《あうん》の呼吸だ。

「それまで」

道場主の志水玄斎が右手を挙げた。

かくして、奇妙な勝負が終わった。

五

「なんでえ、ありゃ」

声が聞こえてきた。

煮売り屋の莫蓙《ござ》に陣取った男だ。

「江戸じゃ見かけねえやつだな」

「頭にのっけてるのは何だ？」

「京のお公家みてえだな」

「んなやつが、何でここにいるんだ？」

「知るもんか」

煮売り屋の客が口々に言う。

見かけはいまひとつぱっとしないが、存外に侮《あなど》れない酒と肴《さかな》を出す見世《みせ》は江戸に数々あるが、東西館にほど近いこの見世もそうだ。

とくに名はない。「角の煮売り屋」で通じる。

勝負を終えて烏帽子をかぶり、道場を出ようとした冷泉為長に、春田猪之助が声をかけた。

ちくと一杯どうかという誘いだ。

この男について、もっと知りたい。

ひき肌竹刀をまじえた隠密廻り同心は、そう思って声をかけたのだ。

すげなく断られるかと思いきや、冷泉為長は乗ってきた。師範代の敷島大三郎も付き合うと言う。

こうして、三人で煮売り屋の縄のれんをくぐり、座敷に陣取った。

「いつもその烏帽子をかぶっているのか」

春田猪之助はそう言って、冷泉為長の猪口《ちょこ》に銚釐《ちろり》の酒をついだ。

「この烏帽子はまろの誇りなれど、浮世はとかくままならぬもの、飯を食うためには稼がにゃならぬ。そのための河岸のつとめでは、かような不要のものはかぶっておられんでのう」

冷泉為長は烏帽子に手をやると、猪口の酒を呑み干した。

「由緒正しき冷泉家の出でも、身すぎ世すぎで日銭を稼がねばならぬわけだな」

春田猪之助はそう言って、煮蛸《にだこ》を口に運んだ。

「なかなかに、厳しいもので」

敷島大三郎が言う。

「傍流のそのまた傍流の悲しさでおりゃるよ。さりながら、風の吹くまま、何にも縛られず、気楽に過ごせるのは傍流なるがゆえ、本家本元だったりすりゃあ、家柄と有職故実でがんじがらめ、息が詰まってやってられねえや」

終《しま》いは江戸言葉になった。

「住まいはどこだ」

春田猪之助が訊いた。

「ない」

冷泉為長はひと言で答えた。

「ない？」

春田猪之助が問い返す。

「旅籠《はたご》などに泊まっているのか」

今度は敷島大三郎が問うた。

「安旅籠の主《ぬし》でおりゃるよ」

烏帽子をかぶった男が自嘲《じちょう》気味に言った。

ここで肴が来た。

筍《たけのこ》の田楽《でんがく》と赤貝のぬただ。煮売り屋とは思えぬほど小粋《こいき》な肴が出る。

「ちょうどいい焼き加減だ」

田楽を食した春田猪之助が言った。

「田楽味噌《みそ》もいい塩梅《あんばい》で」

敷島大三郎も満足げだ。

「春は筍が美味でおりゃるな」

そこはかとなく節がついた独特のしゃべり方で、冷泉為長が言った。

桜には早いが、梅はちょうど盛りの時季だ。野に山に、海に川にうまいものはたんとある。

「公家はやはり上方の薄い味つけか」

春田猪之助が問うた。

「お上品な小手先の料理がもっぱらでおりゃるよ。まっすぐ面を取るような料理ではないわいな」

冷泉為長は身ぶりをまじえた。

よろずに動きの多い男だ。あまりじっとはしていない。

「ところで……」

春田猪之助は猪口の酒を呑み干してから続けた。

「おぬしは、わらべに物を教えたりするのは好きか。寺子屋の師匠などはつとまりそうなたちか」

「まろが寺子屋の師匠に？」

冷泉為長の顔にいくらか驚きの色が浮かんだ。

「いや、寺子屋の師匠にとは言っておらぬ。わらべに物を教えたりするのは好きかと聞いておるのだ」

春田猪之助が言った。

「わらべどころか、人に物を教える、ことに、無用の知恵を授けるのは好むところでおりゃるよ。たとえば歴代の天皇の名は神武《じんむ》綏靖《すいぜい》安寧《あんねい》懿徳《いとく》孝昭《こうしょう》 孝安《こうあん》孝霊《こうれい》孝《こう》元《げん》……」

　烏帽子の男はべらべらと名を並べだした。

「いや、分かった分かった」

　隠密廻り同心はあわてて制した。

「前に聞いた店子《たなこ》の教え役の件ですかな」

　東西館の師範代がいくらか身を乗り出した。

「さよう。安旅籠に長逗留《ながとうりゅう》しながら河岸のつとめでしのいでいるのなら、空きがあるうちの長屋にどうかと思ってな」

　春田猪之助はそう言うと、猪口の酒を呑み干してから冷泉為長を見た。

「おれは町方の隠密廻りだ。八丁堀に屋敷がある。子は二人、どちらも男で、上が七つ、下が五つだ。寺子屋にやってもいいのだが、屋敷の中の長屋に教え役に住んでもらえば手間がかからぬ。その教え役に剣術の腕があれば、おれの留守中の用心棒役にもなってくれよう」

「教え役兼用心棒か」

　冷泉為長はにやりと笑った。

「そうだ。女房の許しを得ねばならぬから、今日すぐというわけにはいかぬが、やる気があるのなら旅籠を教えてくれ。話が決まったら呼びにいく」

春田猪之助は言った。

「その日暮らしのまろにとってみりゃ、こいつぁ良き話でおりゃるな」

と、烏帽子に手をやる。

「手間賃も出すゆえ、河岸のつとめからは足を洗えよう」

隠密廻り同心が言った。

「わが道場の稽古役も求めがあるゆえ」

敷島大三郎が言った。

二人の話を聞いた冷泉為長は、ぱんと両手を打ち合わせた。

「心得た、でおりゃるよ」

公家の血を引く男が笑った。

第二章　公家隠密誕生

一

「まあ、お公家さまの出の方ですか」

話を聞いた女が目をまるくした。

春田猪之助の女房の多美《たみ》だ。

上役の与力の末娘で、わらべ顔だからとても二人の子がいるようには見えない。

歳より十くらい若く見られる。

「公家と言っても、冷泉家の傍流で、まあいてもいなくてもいいような末席の男のようだがな」

春田猪之助が言った。

「それでも、お公家さまに違いはありますまい。さぞや学がおありなのでしょう」

多美がうなずく。

「学か……たしかに、あるにはあるんだが」

春田猪之助は首をかしげた。

ひき肌竹刀をまじえながら冷泉為長が発した小倉百人一首が頭の中で響く。

「何か気になるところでも？」

多美が問うた。

「いや、かなり変わった男でな。そもそも、烏帽子《えぼし》をかぶっているから面食らうと思う」

猪之助は答えた。

「烏帽子って何ですか、父上」

上の子の左近《さこん》がたずねた。

今年で七つだ。

「こういう帽子だな。公家がかぶるものだから、八丁堀では見かけない」

猪之助は身ぶりをまじえた。

「そのお公家さまにいろいろ教えていただくのはどうかという父上のお話で」

多美が説明した。

「わたしと右近《うこん》が教わると」

左近が弟のほうを見た。

二つ下で、五つだ。

左近は猪之助の友の名だった。仲の良かった友の早逝《そうせい》を惜しんで、初めての子に左近と名づけた。

上が左近だから、下の子はおのずと右近になった。仲のいい兄弟だ。

「そうだ。面白い教え役になるぞ。ちとうるさいがな」

猪之助は笑みを浮かべる。

「はい」

左近がうなずいた。

「右近もいい？」

やや引っ込み思案なところがある下の子に向かって、多美が問うた。

「……はい」

少し考えてから、右近は答えた。

二

善は急げ、だ。

翌日、春田猪之助は廻り仕事の途中で冷泉為長が逗留《とうりゅう》している旅籠《はたご》に立ち寄った。

松川町《まつかわちょう》の外れにある小汚い旅籠で、近くの河岸《かし》で働く男たちが長逗留している。

隠密廻り同心は定廻り同心と違って、いでたちは日によって変わる。つとめによっては、さまざまななりわいに身をやつす。ただし、その日はごく普通の着流し姿だった。

「公家のなりをした男が長逗留していると思うが」

旅籠に入った春田同心がたずねた。

「はい、河岸のつとめにお出かけです」

おかみが愛想よく答えた。

「そうか。行ってみよう」

隠密廻りはさっと右手を挙げた。

河岸に行ってみると、冷泉為長は荷揚げのつとめの真っ最中だった。

さすがに烏帽子はかぶっていない。上半身は裸で、公家風の冠下《かんむりした》の髷《まげ》は手拭《てぬぐ》いで覆《おお》っている。

「ほう」

春田猪之助の口から声がもれた。

よほど鍛えが入っているらしい。冷泉為長の上半身は、ほれぼれするほど筋骨隆々《りゅうりゅう》だった。

「おーい、迎えにきたぞ」

春田猪之助が声をかけた。

冷泉為長はすぐ気づいた。

「奥方の許しが出たのか？」

そう問う。

「おう。今日から春田家の教え役兼用心棒だ。もう日銭を稼ぐことはないぞ」

春田猪之助は白い歯を見せた。

「そうか。それは重畳《ちょうじょう》なり」

冷泉為長はそう答えると、最後の荷をぐいと船着き場へ揚げた。

「手間賃はみなで呑み食いしてくりゃれ。まろは今日にて終《しま》いじゃ」

公家の血を引く男はそう言って、わが身も船着き場に上がった。

「おう、気前がいいな」

「ぱあーっと呑むぜ」

「気張ってやりな、まろ」

仲間からはそう呼ばれていたようだ。

そんなわけで、冷泉為長はこの日で河岸のつとめから足を洗うことになった。

三

烏帽子に狩衣《かりぎぬ》、面妖《めんよう》な姿の男が八丁堀に通じる道を歩いている。

冷泉為長だ。

背には着替えなどが詰まった大きな嚢《ふくろ》を負っている。

すれ違った棒手振《ぼてふ》りが、何事ならんという目で見た。

無理もない。

こんないでたちの男は江戸の町を歩いていない。

「おれも廻り仕事でさまざまなものに身をやつすことがあるが、さすがに公家には扮《ふん》せぬな」

　春田猪之助が言った。

「町方の隠密廻りだな」

　冷泉為長が確認するように訊《き》いた。

「そうだ。かぎられた頭数《あたまかず》で江戸の治安を護《まも》っている」

　隠密廻り同心は誇らしげに答えた。

「いまはつとめはよいのか。道を教われば、まろは一人で行くゆえ」

　冷泉為長はそう気づかった。

「なに、すぐそこだ。家族と店子《たなこ》に紹介すれば、またつとめに戻る」

　春田猪之助は笑みを浮かべた。

「つとめでは、悪党退治などもやるのか」

　烏帽子姿の男がたずねた。

「しょっちゅうではないが、捕り物を手がけることもある」

　春田猪之助は答えた。

「手下が要り用なら、声をかけてくりゃれ。腕にはちいと覚えがあるゆえ」

冷泉為長は二の腕をたたいた。

「それは先日の道場でよく分かっている。手下をつとめてくれるのなら大いにありがたい」

隠密廻り同心の言葉に力がこもった。

「ならば、まろは公家隠密冷泉為長なり」

やや芝居がかった口調で、狩衣をまとった男が言った。

四

「多美と申します。どうかよろしゅうに」

春田猪之助の女房がていねいに三つ指を突いた。

「まろは冷泉為長。春田氏《うじ》と縁ありて、当家に世話になることになり申した。よろしゅう頼む」

烏帽子が動く。

「まろって？」

兄の左近が怪《け》訝《げん》そうな顔つきで問うた。

「お公家さまは、おのれのことをそう呼ぶのよ」

母が教えた。

「まろ、まろ」

弟の右近がおかしそうに言った。

「そう呼んでもいいぞ」

父の猪之助が言った。

「好きなように呼んでくりゃれ」

冷泉為長は笑みを浮かべた。

「烏帽子の下は？」

左近が興味津々《しんしん》でたずねた。

「見るか」

冷泉為長が問うた。

兄弟がほぼ同時にうなずいた。

「さすれば、見せて進ぜよう。公家が結うのは、武家とは違う髷なり」

冷泉為長はそう言うと、芝居がかったしぐさで烏帽子を脱いだ。

冠下の髷が現れた。

髪を束ね、頭の上で折り曲げる。その先端を前のほうへ持ってきて、紫の紐《ひも》で結ぶ。これが冠下だ。

「うわあっ」

左近が声をあげた。

「あはは、ははは」

続いて笑いだす。

「わははは」

弟の右近まで笑った。

「これ、いけませんよ」

多美がたしなめたが、よほどおかしかったらしく、兄弟はなおもおなかに手をやって笑った。

「まろは変か?」

冷泉為長はそう言って、ぴんと立った髷をさわった。

「変でございます」

左近が臆《おく》せず言った。

右近はまだおかしそうだ。

「そんなことを言ってはなりませぬ」

多美がなおもたしなめた。

「よい。わらべは素直でよい」

冷泉為長は笑った。

「髷や烏帽子は変に見えるかもしれぬが、おまえらの先生だ。学はある。剣の腕も立つ。しっかり学べ」

春田猪之助が父の顔で言った。

「はい、父上」

左近が答えた。

「右近も学べ」

下の子に向かって言う。

「はい」

やっと笑いがおさまった右近がうなずいた。

五

「次は店子に紹介だ。八丁堀の同心は、敷地の長屋に人をいくたりか住まわせ、店賃を得ている者が多い」

長屋のほうへ歩きながら、春田猪之助が言った。

「いまはいくたりだ」

再び烏帽子をかぶった男がたずねた。

「四人《よったり》だ。おぬしが入ればさらににぎやかになる」

春田猪之助は指を四本立てた。

「そうか。まずはどういう人物だ」

冷泉為長が問うた。

「医者の榎本孝斎《えのもとこうさい》だ。往診に行っているときもあるが」

歩を進めながら、春田猪之助が答えた。

「医者が店子なら心強かろう。具合が悪くなれば、すぐ診《み》てもらえるゆえ」

烏帽子姿の男が言った。

「おれも初めはそう思った。それゆえ、喜んで店子にしたのだが……」

隠密廻り同心はあいまいな顔つきになった。

「ほほほほ」

冷泉為長は公家らしい笑い声をあげてから続けた。

「ということは、とんでもない藪《やぶ》医者だったりするのか」

そう問う。

「読むな」

春田猪之助は苦笑いを浮かべた。

「風貌《ふうぼう》はいかにも名医だからだまされるのだが、孝斎先生の煎《せん》じ薬をのんで、うちの者はみな腹をこわしたことがある。診立てもいい加減で、『風邪《ふうじゃ》でござろう』で済ませて、腹を下す煎じ薬を出すばかりでな」

春田猪之助は嘆いた。

「それはあてが外れたな」

冷泉為長はおかしそうに言った。

「なかには風貌にだまされて名医だと信じている者もいる。ふしぎなもので、そういう患者にはどんなに怪しげな薬を出しても効いたりするものだ。そんなわけで、それなりに実入りはあるため、追い出すわけにもいかぬ」

家主が言った。

「なるほど」

烏帽子をかぶった男がうなずいた。

「まあ、ともに碁《ご》を打ったりするので、医者としてはともかく、いてもらってもよかろうと」

春田猪之助が言った。

「碁ならまろが教えて進ぜよう」

冷泉為長が乗り気で言った。

「得意なのか」

と、猪之助。

「囲碁に蹴鞠《けまり》に横笛に盤双六《ばんすごろく》。そのあたりなら人に負けはせぬよ」

冷泉為長は自信たっぷりに言った。

「剣術が入っておらぬではないか」

隠密廻り同心が言った。

「忘れておった。加えておいてくりゃれ」

冷泉為長が白い歯を見せた。

六

「うーむ……」

顎鬚《あごひげ》を長く伸ばした男がうなった。

本道（内科）の医者の榎本孝斎だ。

長屋の一室は診療所を兼ねているのだが、今日は往診の日で休みだ。

もっとも、藪医者が訪問する患者は微々たるものだ。早々に終えて戻ったところで、家主が面妖な店子を連れてきた。聞けば、碁が得意らしい。ならばさっそく一局と、試みに孝斎が三子《さんし》置いて烏鷺《うろ》の争いが始まった。

さりながら、彼我《ひが》の技量には大きな差があった。冷泉為長はすぐさまぽんぽんと小気味よく着手していく。一手打たれるごとに、医者の形勢は目に見えて芳《かんば》しくなくなっていった。

「これは困った」

孝斎は渋い表情になった。

「三子では荷が重そうですな」

見かねて春田猪之助が言った。

「まろは名人ゆえ」

冷泉為長が得意げに言った。

公家の血を引くせいか、謙遜《けんそん》とは無縁のようだが、それでも嫌味にならないのは人柄だろう。

「いや、これは手合い違いで」

数手進んだところで、孝斎は投了した。

烏帽子が動く。

「碁は理《ことわり》なり。理の橋を随所に築き、連携を深めつつ敵を包囲するのが兵法の要《よう》諦《てい》でおりゃるよ。すなわち……」

冷泉為長はなおしばしとくとくと語った。

「おれのようなへぼ碁打ちには分からぬ境地だな」

春田猪之助が言った。

「知らぬが仏ということもありゃあすよ。あまりに理やら何やらが見えると、いささか鬱陶《うっとう》しいでの」

烏帽子姿の男は手で蝿《はえ》をはらうようなしぐさをした。

七

「長屋におるのは、あとは絵師だけだな。三味線《しゃみせん》の師匠は長屋で教えることもあるが、いまは講釈師とともに両国橋《りょうごくばし》の西詰に出ている」

医者の部屋を出た春田猪之助が言った。

「講釈に三味線が付くのか」

冷泉為長の瞳が輝いた。

「そうだ。二人一組になってほうぼうに出ている。なかなかの人気だぞ」

家主が言った。

「面白い。まろもやりゃあすよ」

冷泉為長はそう言うと、ふところから笛を取り出した。

つややかな横笛だ。

「そんなものを持ち歩いているのか」

春田猪之助が目を瞠《みは》った。

答える代わりに、冷泉為長は素早く笛を構えて吹いた。

指が動く。


ひょう、ひょうひょうひょう……


驚くほど美しい音色が奏でられた。

絵師の部屋に着いた。

笛の音が止《や》んだ。

「それは何という曲だ」

春田猪之助が問うた。

「なに、即興でありゃあすよ」

冷泉為長はさらりと答えた。

何事ならんと絵師が出てきた。

「騒がせてすまぬな。新たな店子だ」

春田猪之助が手で示した。

絵師が目を剥《む》いた。

無理もない。

ただでさえ笛で驚いたのに、目の前に立っている男は烏帽子をかぶっていた。

「冷泉為長でおりゃる。向後、よしなに」

烏帽子が少し前へ傾いた。

「は、橋場《はしば》仁二郎《じんじろう》と申す者です。しがない町場の絵師で」

ほおがこけた男が名乗った。

「いや、なかなかの腕前で、似面《にづら》の名手でもある。町方のつとめもやってくれている大事な先生だ」

家主は店子を持ち上げた。

「そのうち、まろも描いてくりゃれ」

冷泉為長が笑みを浮かべた。

「こちらはお公家さまで？」

絵師がたずねた。

「公家の出だが、いまは流浪《るろう》の身、剣術の遣《つか》い手でもある。隠密廻りの手下だから公家隠密だな」

春田猪之助が答えた。

「天下御免の公家隠密なり。ほほほほ」

冷泉為長が笑った。

せっかくだから絵を見ていくことにした。浅草《あさくさ》の奥山《おくやま》などで似面を描き、銭を得ることも多いが、長屋ではもっぱら好きな絵を描いている。

「この大川《おおかわ》の夕景は、たしかな腕と画才を感じる。気張ってくりゃれ」

いくらか年上の絵師に向かって、烏帽子姿の男が言った。

公家隠密は真贋《しんがん》を見抜く目の持ち主らしい。

「景色に奥行きがあるいい絵だからな」

春田猪之助もほめた。

「はい、気張って描きます」

橋場仁二郎の声に力がこもった。

八

残る二人の店子は両国橋の西詰にいる。

春田猪之助と冷泉為長は、さっそくそちらへ向かった。

「講釈師は八十島大膳《やそしまだいぜん》、三味線弾きは新丈《しんじょう》。ともに芸達者で気のいいやつだ」

歩を進めながら、春田猪之助が言った。

隠密廻りだけあって、足は速い。並足で歩いていても、人をどんどん追い越していく。

しかし、冷泉為長も負けてはいなかった。隠密廻りと同じ速さで苦もなくついてくる。

「まろも笛で加わりたきもの」

冷泉為長が乗り気で言った。

「おう、それはにぎやかでよいな」

隠密廻り同心が笑みを浮かべた。

繁華な両国橋の西詰に近づくと、三味の音が響いてきた。


べべん、べんべん……


迫力のある太棹《ふとざお》だ。

「おう、やってるな」

春田猪之助が足を速めた。

冷泉為長はふところから笛を取り出した。

いくさやぶれにければ、熊谷次郎直実《くまがやのじろうなおざね》、平家の君達《きんだち》たすけ舟に乗らんと、汀《みぎわ》の方《かた》へぞおち給ふらむ……


朗々たる声が響いてきた。

『平家物語』の「敦盛《あつもり》の最期」だ。

「どれ、まろも」

冷泉為長が笛を構えた。


ひょう、ひょうひょうひょう……


嫋々《じょうじょう》たる音色が響きはじめた。

春田猪之助は息を呑んだ。

こんなにも美しい音色はついぞ聞いたことがなかった。

見事な笛の音だ。

三味の音と講釈の声が止んだ。

何事ならんと見る。

「新たな店子だ」

速足で近づきながら、春田猪之助が言った。

「店子？　公家に扮して芝居でもするのか？」

講釈師の八十島大膳がいぶかしげに問うた。

「芝居にあらず。傍系なれど、まろは公家の端くれなり」

冷泉為長が言った。

「面白い」

三味線弾きの新丈が言った。

べべん、と三味線が鳴る。

男だが顔は白塗りで、眉《まゆ》も描いている。こちらも何がなしに公家を想わせるいでたちだ。

「講釈の続きは？　まろも笛にて加わらん」

冷泉為長はそう言うと、烏帽子をしっかりとかぶり直した。

「おう、やるか」
講釈師がにやりと笑った。

べべん、べんべん……

太棹の撥《ばち》が動く。
講釈の続きが始まった。

汀《みぎわ》にうちあがらんとするところに、押し並べてむずとくんでどうとおち、とッておさへて頸《くび》をかかんと甲《かぶと》を押し仰《あお》のけてみければ……

「敦盛の最期」に熱が入る。
熊谷次郎直実が敵将の首をかかんとしたが、うち見たところまだ若き美少年、討ち果たすに忍びず、ひとたびは逃がそうとする。
さりながら、味方の軍勢は背後に押し寄せている。ここで見逃したとしても、だれかに討ち果たされてしまうだろう。

ならば、この手で。

熊谷直実は心を鬼にして平敦盛を討ち果たす。

かくして、美少年は非業の死を遂げるのだった。

「平家物語」の名場面が、三味線と笛を伴った講釈で語られていくにつれ、周りに人だかりができていった。

涙を流している者も多い。

妙《たえ》なる楽の音が高まるにつれ、見物客はなおも増えていった。

客が増えれば熱も入る。

講釈が終わり、嫋々たる笛の音が止むと、あたりは喝采《かっさい》に包まれた。

「よっ、日の本一」

「こりゃあ、いいや」

「いいものを聞いたぜ」

「これからも三人でやんな」

ほうぼうから声が飛ぶ。

そればかりではない。おひねりも飛んできた。

「少ねえが、とっとけ」

「また聞かせておくれ」

商家の隠居とおぼしい男がおひねりを投げた。

「ありがたき倖せ」

八十島大膳が芝居がかった礼をした。

新丈の三味線がまた、べべんと鳴る。

冷泉為長は笛を構えた。

だが……。

音が響くことはなかった。

ちょうどそのとき、面妖な人物が通りかかったのだ。

小姓《こしょう》のような供をつれたその人物は、青い頭巾《ずきん》をかぶっていた。

第三章　闇の青頭巾《あおずきん》

一

浅草の奥山といえば、江戸でも指折りの繁華な場所だ。
たくさんの物売りや大道芸人などが出て、日中は人通りが絶えない。
そんなにぎやかな場所で、三味線《しゃみせん》と笛の音が響いていた。
笛を吹いているのは冷泉為長だ。
今日は金色の烏帽子《えぼし》だから、遠くからでも目立つ。
五郎《ごろう》も続いて入らむとするところに、五郎丸《ごろうまる》という童《わらべ》のありけるが……
八十島大膳のよく通る声が響く。

曽我《そが》兄弟の仇討《あだうち》の講釈だ。

「おっ、やってるな」

春田猪之助は足を速めた。

近づくと、冷泉為長と目と目が合った。

笛の調べが微妙に変わる。

何か用か。

公家隠密は音色と調子でたずねた。

「変わったことはないか。何かわらべさらいの手がかりはないか。気づいたことがあれば申せ」

隠密廻り同心はよく通る声で言った。

冷泉為長が店子《たなこ》になってから、半月あまりが経った。

そのあいだに、江戸では不穏な出来事が起きた。

わらべさらいだ。

さらわれたわらべは、見目好《よ》き顔だちで評判の男の子《おこ》だった。

駕籠《かご》を仕立て、頭巾《ずきん》をかぶって狙いの家に押し込み、無理やりさらっていったのだから剣呑《けんのん》な話だ。

ひょう、ひょうひょうひょう……

笛の音が響いた。
あいにく、手がかりはまだない。
冷泉為長は笛の音色でそう答えた。
「そうか。引き続き頼むぞ」
春田猪之助が言った。
烏帽子がゆっくりと動いた。
公家隠密が分かったとうなずいたのだ。

五郎これを聞きて腰の刀をさぐれども……

講釈は佳境《かきょう》に入った。
前に置かれた鉢には、すでにかなりの銭が投じ入れられている。
そちらへちらりと目をやると、隠密廻り同心はその場を離れた。

二

「わらべさらいかどうかは分からねど、怪しい者は奥山にも現れた」

春田屋敷に戻った冷泉為長が言った。

「今日の話か」

春田猪之助が問う。

「そうだ。両国橋の西詰で笛を吹いていたとき、遠巻きに見ていた者が気になった。まろのところにまで、悪《あ》しき気が伝わってきたゆえ」

公家隠密はいくぶん声を落とした。

「いくつくらいの男だ」

隠密廻り同心はさらに問うた。

「それが、分からぬのでありゃあすよ。男かどうかも分からぬ」

冷泉為長が首をかしげた。

「化粧《けわい》でもしていたのか」

春田猪之助はいぶかしげな顔つきになった。

「いや」

公家隠密はさっと右手を挙げてから続けた。

「顔がなかったのでおりゃるよ、ふふ」

謎をかけるように言う。

「すると……頭巾でもかぶっていたか」

と、猪之助。

「そのとおり。青い頭巾をかぶっていた」

冷泉為長は顔をつるりとなでた。

「青かどうかは分からぬが、わらべさらいも頭巾をかぶっていたらしい。平仄《ひょうそく》が合わぬでもないな」

隠密廻り同心は腕組みをした。

「青い頭巾は夜中には黒く見えよう。同じやつかもしれぬなり」

公家隠密が言った。

「ふむ」

春田猪之助は少し思案してからまた口を開いた。

「悪しき気というのは、殺気のごときものか」

そう問う。

「殺気に近いが……悋気《りんき》のごときものでもありゃあしたな」

冷泉為長も考えてから答えた。

「悋気だと？」

春田猪之助はいぶかしげな顔つきになった。

「さよう。まろの笛に三味線に講釈、周りには人だかりができ、おひねりも飛んだ。そんな光景を見て、見えざる悋気の矢のごときものを飛ばしたのでおりゃるよ」

冷泉為長はその場を思い返して言った。

「よほど変わった者と見えるな」

と、同心。

「さような怪しい気を発する者がわらべさらいであっても、おかしくはなかろうとまろは観ずる」

公家隠密の表情が引き締まった。

「なるほど。鋭いかもしれぬな」

春田猪之助がうなずいた。

三

それからいくらか経ったある朝――。
境内《けいだい》を掃《は》き清めていた根津権現《ねづごんげん》の禰宜《ねぎ》がふと瞬《まばた》きをした。
裏手の樹木のあわいに、つねならぬものが見えたのだ。
初めは花かと思った。
紅いものが見えたからだ。
季外《とき》れの花が裏の林で咲いている。
禰宜の目にはそう見えた。
だが……。
近づいてみると、違った。
帯が見えた。
紅色の帯が樹木のあわいに覗《のぞ》いていた。
禰宜は恐る恐る近づいた。
そして、見てしまった。

帯はただそこに掛けられていたのではなかった。
だれかが縊《くび》れていた。細い紅色の帯はその首に巻きついていたのだ。
禰宜は悲鳴をあげた。
本殿へ急いで戻り、加勢を頼む。
ややあって態勢が整い、裏手の林で縊れていたむくろが引き下ろされた。
しかし……。
そのなきがらには不審な点があった。
おのれで縊れたにしては平仄が合わない。
なぜなら、見つかったのはわらべのむくろだったからだ。
のちに、身元が分かった。
根津権現の裏手で見つかったのは、さらわれた見目好き男の子だった。

四

「腑《ふ》に落ちぬことだらけだな」
春田猪之助が苦々しげに言った。

つとめを終え、屋敷に戻っている。

「派手なことになりゃあしたな」

公家隠密がそう言って、酒を少し啜《すす》った。

「さらわれたわらべは気の毒なことになってしまったが、なにゆえにかようなむくろの見せ方を」

春田猪之助が首をかしげた。

「これ見よがしでおりゃるな」

冷泉為長が顔をしかめた。

「そうだな。ただ道の辺に捨て置くだけでよさそうなものだが」

隠密廻り同心はそう言って、あたりめを嚙《か》んだ。

酒の肴《さかな》はこれだけでいい。

「それでは得心がいかなかったのでありゃあすよ、このたびの咎人《とがにん》は」

公家隠密があごに手をやった。

「得心がいかなかったと言うと？」

春田猪之助はいぶかしげに問うた。

「おのれの手でやってのけた咎事《とがごと》を、ほれご覧《ろう》じろとばかりに掲げてみせたのでおりゃるよ」

冷泉為長は身ぶりをまじえた。

「なるほど、それでわざわざむくろを吊るしたのか。おぞましいことだ」

春田猪之助はそう言うと、苦そうに酒を呑んだ。

「わが咎事を見るべし、絶景なり、と歌舞伎役者が見得を切るがごときものでありゃあすよ」

公家隠密は烏帽子に手をやった。

「歌舞伎役者か。やつらのなかにはどうかと思われる者もいるからな」

隠密廻り同心が言う。

「そういった者がお忍びで様子を見にくるときは、面体《めんてい》を隠すのが常道でおりゃるよ」

今度は顔をつるりとなでる。

色は抜けるように白い。目の色もやや薄いから、何がなしに異人のようにも見える。

「たしかに、面が割れているからな」

春田猪之助がうなずいた。

「ただし、面体を隠していても、おのれを誇示したいという思いは抜きがたくあるはず。たとえば、頭巾をかぶるにしても、つねならぬ色を用いるとか」

公家隠密はにやりと笑った。

「つねならぬ色と言うと……」

隠密廻り同心は何かに思い当たったような顔つきになった。

冷泉為長はいくらか間を置いてから言った。

「青頭巾でおりゃるよ」

五

調べは進んだ。

むくろを吊るした女物の細い帯は有力な手がかりだった。

町方は聞き込みに動いた。

その結果、帯の出どころが浮かびあがってきた。

初めは細かった糸が、太くしっかりとしてきた。帯をあきなっていた見世《みせ》に出入りしていた者のなかに、歌舞伎役者の見習いがいたのだ。

「きな臭くなってきたな」

春田猪之助が眉間《みけん》に少ししわを寄せた。

「天網恢恢疎《てんもうかいかいそ》にして漏らさず、でおりゃるよ」

冷泉為長はそう言って、猪口《ちょこ》の酒をくいと呑み干した。

今日は東西館での稽古《けいこ》の帰りだ。

公家隠密は相変わらずで、小倉百人一首を口ずさみながら目まぐるしく構えを変えてひき肌竹刀《はだしない》を振るっていた。

道場は外の格子窓から見物できるようになっている。冷泉為長の声を聞いて、何事ならんと覗きにきた客がいつしか鈴なりになった。公家隠密が行くところ、必ず人だかりができる。

「天網恢恢疎にして漏らさず、か。悪事を天は見逃さない。捕り網は粗《あら》いようでも必ず捕まるということだな」

今度は春田同心が酒を呑んだ。

道場の近くには、煮売り屋のほかに筋のいい蕎麦屋《そばや》もある。揚げ蕎麦と蕎麦味噌《みそ》を肴に、座敷に陣取って呑みはじめたところだ。

「見得を切りたがる歌舞伎役者は、えてして墓穴を掘るものでありゃあすからな」

冷泉為長が烏帽子に手をやった。

ここでおかみが蕎麦を運んできた。

狩衣《かりぎぬ》に烏帽子姿の客が不気味なのかどうか、いささか腰が引けている。

「おう、たぐりながら続きだな」

春田猪之助がざるを受け取った。

「稽古帰りにはちょうどいい盛りでありゃあすな」

公家隠密も続いた。

「よそより盛りがいいからな」

春田猪之助はそう言うと、さっそく蕎麦をたぐりだした。

冷泉為長も続く。

つゆに少し蕎麦をつけるや、勢いよく音を立てて啜る。

「江戸っ子の食べ方だな」

春田猪之助が笑った。

「てやんでえ、べらぼうめ、でありゃあすよ」

冷泉為長が返す。

盛りのいいもり蕎麦だったが、双方の箸《はし》が小気味よく動いてたちまちなくなった。

「まあともかく……」

蕎麦湯を啜ってから、春田猪之助が言った。

「なんとか尻尾《しっぽ》をつかんで、お縄にしてえところだな」

隠密廻り同心の声に力がこもった。

「そのとおりでありゃあすな」

公家隠密がそう言って、両手を軽く打ち合わせた。

六

両国橋の西詰に人だかりができていた。

二重三重の人垣越しに、ひときわ鮮やかな金色の烏帽子が見える。

冷泉為長だ。

長い指を自在に操《あやつ》り、横笛を吹く。

思わず聞きほれる美しい音色だ。

新丈の三味線も負けてはいない。

講釈が佳境に入ると、撥《ばち》さばきにもおのずと力が入る。

巴《ともえ》、その中へ駆け入り、御田八郎《おんだのはちろう》に押し並べ……

八十島大膳の語りに熱がこもる。

『平家物語』の木曽義仲《きそよしなか》の最期、女武者の巴御前《ごぜん》の活躍がいままさに語られている。

むずと取って引き落とし、わが乗ったる鞍《くら》の前輪に押し付けて、ちっともはたらかさず、首ねじ切って捨ててんげり……

大膳は大仰《おおぎょう》な身ぶりをまじえた。

巴御前が敵の首をねじ切る名場面だ。

べべん、べんべんべんべん……

新丈の太棹《ふとざお》がうなる。

横笛を吹く公家隠密の目が動いた。

瞬きをする。

その視野に、ひそかに探していた者が入っていた。

青頭巾だ。

面体を隠しているため、むろん表情まではうかがえないが、悪しき気のごときものはたしかに伝わってきた。


手塚太郎《てづかのたろう》討ち死にす。手塚別当《べっとう》落ちにけり……


講釈が続く。

木曽義仲の最期を引き立てるべく、脇役は速やかに退場させる。手塚太郎と手塚別当には気の毒だが、どうでもいい役者は消えてもらうのがいちばんだ。

公家隠密はここで一計を案じた。

横笛を離し、やにわに講釈に割って入る。

もう一名、怪しき者が戦場《いくさば》に居をり……

よく通る声が響いた。
大膳が何事ならんと見る。
新丈の撥も止まった。

そは青頭巾。さては、世を騒がしめてゐるわらべさらいが面体を隠し、この場に現れたるならん……

冷泉為長はそう言い放った。
べべん、と三味線が鳴る。
動きがあった。
青頭巾がこそこそと場を離れたのだ。
供の者も続く。

さてもさても、卑怯《ひきよう》なり、青頭巾……

公家隠密は追い打ちをかけた。

面体を包むは、怪しき者の証《あかし》なり。いざ、その素顔を見せん！

冷泉為長の声が高くなった。

「怪しき者だってよ」

「世を騒がせてるわらべさらいじゃねえかって」

「根津権現の裏手の林にむくろを吊るしたやつだな。おいら、かわら版で読んだぜ」

人垣をつくっていた者たちが色めきたつ。

さても、怪しき青頭巾……

今度は大膳が声を発した。

公家隠密が再び笛を構える。

この場より逃げ去るは、怪しき証。追うべし！


講釈師が声を張りあげた。

べべん、べんべんと太棹がうなる。

ひゃらり、ひゃらりと笛の音が響く。

「あっちへ逃げたぜ、青頭巾」

「だれか追え」

「わらべさらいだぜ」

両国橋の西詰は大変な騒ぎになった。

しかし……。

青頭巾の逃げ足は速かった。

騒ぎを聞いた町方の役人が追ったが、その行方は分からなかった。

怪しい青頭巾の正体は、いまだつかめなかった。

第四章　急変、春田屋敷

一

「なぜ気づきやがった」

座敷であぐらをかいた男が吐き捨てるように言った。

すでに夜は更けている。

坂本町《さかもとちょう》の旅籠《はたご》の行灯《あんどん》には火が入っていた。

「わらべさらいとか言ってましたな」

悪相の手下《てか》が顔をしかめた。

旅籠の看板は出ているが、あきないはしていない。空き家である旨《むね》の貼り紙が出ている。

しかし……。

無住のはずの旅籠に、暮夜《ぼや》、怪しい灯りがともることがあった。

「烏帽子《えぼし》をかぶり、横笛を吹いていやがった。まるで京から来た公家みてえだ」

かしらとおぼしい男の顔がゆがんだ。

整った面構《つらがま》えだ。

つらつら見れば、はたと思い当たる江戸の民は多かろう。

錦絵にも描かれている。

「とにかく、あらぬことを言うやつの口は封じてやらねばな」

男はそう言うと、茶碗酒をくいと呑み干した。

「はっ」

「いま探りを入れてますんで」

手下たちが答える。

「抜かるな」

男はにらみを利かせた。

いやに堂に入った、芝居がかった所作だった。

それもそのはず、男は歌舞伎役者だった。

女衆にことに人気の、中村青猿《なかむらせいえん》だった。

二

人を人とも思わぬ、不遜《ふそん》な男だった。

上背があって容子《ようす》が良く、芸も達者だ。歌舞伎役者としての家柄もいい。中村青猿は若くして頭角を現し、江戸でも指折りの人気歌舞伎役者となった。

不遜な青猿は増上慢《ぞうじょうまん》に陥った。役者仲間のなかには、人を見下し、傲慢《ごうまん》にふるまう青猿を蛇蝎《だかつ》のごとくに忌《い》み嫌う者も少なくなかった。

その名と同じ青色の頭巾《ずきん》で面体《めんてい》を包み、青猿は江戸のほうぼうに出没した。歌舞伎役者のなかには、奢侈《しゃし》を好み、お上《かみ》から目をつけられて身を滅ぼしてしまう者もいる。

だが、青猿はそうではなかった。

住まいはわりかた広いが、その暮らしぶりは、一見すると歌舞伎役者にしては質素のように思われた。

さりながら、それは世を欺《あざむ》く頭巾のごときものにすぎなかった。お上から目をつけられないように、殊勝《しゅしょう》なふりをしていただけだった。

ほかの羽振りのいい歌舞伎役者のように、新吉原《しんよしわら》へ繰り出して派手な遊びをしたりもしなかった。そこだけを採《と》り上げれば、堅い人物であるかのようだった。

ただし、それにはわけがあった。

青猿は男色家で、ことに稚児《ちご》を好んでいた。これなら、新吉原の花魁《おいらん》とは関わりを持たずともいい。

稚児を屋敷に引き入れて遊蕩三昧《ゆうとうざんまい》を行ったりしたら、噂《うわさ》になってお上から目をつけられかねない。

そこで、青猿は屋敷から遠からぬところにある廃《すた》れた旅籠を居抜きで買い、ひそかに隠れ家として使うことにした。

類は友を呼ぶと言うべきか、青猿の周りには少しずつ芳《かんば》しからぬ者が集まってきた。手下として使える者が増えた。

これまでは稚児にできそうな者に声をかけ、ほうびをやったりしながらかわいがってきたのだが、だんだんそれだけでは満足できなくなってきた。

隠れ家はある。目をつけたわらべを手下にさらわせれば、人目につかぬ場所でおのれの欲を満たすことができる。

青猿は人気歌舞伎役者だ。

金も、名声もある。

どうかと思われる手下や取り巻きも多い。

だれも止める者はなかった。

かくして、わらべさらいが江戸に跳梁《ちょうりょう》するようになったのだった。

三

三日後——。

暮夜、廃れた旅籠にまた火が灯った。

鬼火のような灯りだ。

「公家隠密だと？」

中村青猿がそう言って、盃《さかずき》の酒をくいと呑み干した。

「へい。名は冷泉為長、京から江戸へ流れてきたようで」

手下が答えた。

「いまは八丁堀の同心の屋敷で暮らしてまさ」

もう一人の手下が伝えた。

「町方の同心か。何ていうやつだ」

歌舞伎役者が問うた。

「隠密廻りの春田猪之助で。その店子《たなこ》だから、公家隠密と名乗っているみてえで」

悪相の手下が答えた。

「ふん」

青猿は鼻を鳴らした。

「どうします、かしら」

手下が問うた。

いまのところはわらべさらいだけだが、そのうち押し込みなどのほかの悪事もやらかしそうな者がいくたりか集まっている。

「あらぬ噂を立てられたら迷惑だからな」

歌舞伎役者はにやりと笑った。

あらぬ噂どころか、咎事《とがごと》の張本人だ。

「なら、こっちでいきますかい」

もう一人の悪相の手下がおのれの口に手をやった。

口を封じるか、という問いだ。

「備えあれば憂《うれ》えなしだからな」

青猿の顔に嫌な笑みが浮かんだ。

「わらべさらいばっかりじゃ、腕がなまりますんで」

手下が太い二の腕をたたく。

「今度の相手は容赦《ようしゃ》いらねえぞ」

歌舞伎役者の声に力がこもった。

「へい。膾《なます》にしてやりまさ」

悪相がさらにゆがんだ。

「なら、押し込みで」

もう一人の長い顔の手下が言った。

「同心もろとも、たたき斬《き》ってやれ。町方の同心はどこでどんな恨みを買ってるか分からねえ。咎人《とがにん》は不明で終わるだろうよ」

青猿はそううそぶいた。

「ほうびをはずんでくだせえ」

「人を殺《あや》めるんですからな」

手下たちが言った。

「これくらいは出すぜ」

歌舞伎役者は右の手のひらを見せた。

指が五本、すなわち、五両だ。

「両手にはなりませんかい」

悪相の手下が言った。

「そりゃあ、首尾によるな。口をうまく封じられたら、次のわらべさらいと併《あわ》せて、もう五両出してやってもいいぞ」

青猿が告げた。

「そうですかい。なら、気合を入れてやりまさ」

「見ててくだせえ」

手下たちの声に力がこもった。

四

江戸に花の季《とき》が来た。

八丁堀のある通りにも小ぶりの桜が植わっていた。つとめを抱えていて悠長《ゆうちょう》に花見になど行けない役人たちは、ここでしばし足を止めて桜を見物する。

だが……。

草木も眠る丑三《うしみ》つ時に夜桜を見物する者はいない。風に早くも散った花びらが舞う。

月あかりがある。いくぶん背をまるめて走る二つの影を照らす。

どちらも黒装束をまとっている。

足音を立てず、地を這うように走る。

やがて……。

怪しい二人組は足を止めた。

「ここいらだな」

片方が声をひそめて言う。

「切絵図を」

もう片方がふところを探った。

詳細な切絵図を月あかりにかざす。屋敷の持ち主の名まで記されている重宝な図だ。

「ここだ」

指がある屋敷を指した。

春田猪之助

そう記されている。

「どっちから行く」

顔の長い男が問うた。

「烏帽子から血祭りだ」

悪相の男が答えた。

「よし」

「やってやる」

二つの影がまた動いた。

五

公家隠密は夢を見ていた。

吹いていた横笛の音色が何がなしに変わった。
妙な具合にくぐもる。

気をつけよ。
何かが近づいている。

警告する声が響いた。
ふと見ると、手にしていたのは笛ではなかった。
刀だった。
いつのまにか、短刀を手にしていた。

まろは、なぜこのようなものを？

夢の中でそういぶかしんだとき、つねならぬ気配が高まった。
冷泉為長はやにわに身を起こした。
寝るときは、つねにあるものを枕元に置いてある。

短刀だ。
鞘《さや》に螺鈿《らでん》の細工がなされた、由緒正しい品だ。小なりといえども、切れる。
その守り刀を、公家隠密は素早くつかんだ。
気配がした。
抜刀し、応戦する。
闇に火花が散った。
敵の姿は見えずとも、心眼で見抜く。
公家隠密は敵が振り下ろしてきた刀を受けた。
間一髪だ。
「狼藉者《ろうぜきもの》！」
甲高《かんだか》い声が放たれた。
「死ねっ」
また刀が振り下ろされてきた。
がんっ、と受ける。
たとえ短刀でも、正しく芯で受けて押し返す。
だが……。

敵は一人ではなかった。

夜討ちをかけてきたのは、二人だった。

「食らえっ」

もう一人の賊《ぞく》が刀を振るってきた。

受け切れぬ。

公家隠密は、絶体絶命の窮地に陥った。

六

「ぬんっ」

とっさに身が動いた。

うしろへとんぼを切る。

剣風がほおをかすめた。

あわやというところでかわすと、公家隠密は体勢を整え直した。

「卑《いや》しき剣に、まろは斬れぬ」

公家の血を引く男は昂然《こうぜん》と言い放った。

「しゃらくせえ」

「斬っちまえ」

二人の賊が襲ってきた。

同時に相手をすることはできない。しかも、手にしているのは短刀だ。

まずは、かわすことが先決だ。

身を前へ半回転させると、公家隠密は素早く外へ飛び出した。

猿《ましら》のごとき動きだ。

「であえ、であえ。狼藉者だ」

大音声《だいおんじょう》で叫ぶ。

「死ねっ」

賊が斬りかかってきた。

月あかりがある。

醜くゆがんだ敵の悪相が見えた。

公家隠密はさっと身をかわした。

「さてもさても、奇《く》しきことよのう。まろの命を狙うはなにゆえぞ。さては口封じか。命じしは青頭巾か」

よく通る声を発しながら、目まぐるしく立ち位置を変える。敵に狙いを絞らせまいとする。

「黙れ」

もう一人の敵が大上段から剣を振り下ろしてきた。

こちらは上背がある。

冷泉為長は背を丸め、敵のふところに飛びこんだ。

大上段の剣は遠回りをする。

臆《おく》して逃げようとするのは、敵の思う壺だ。膂力《りょりょく》あふれる剣でたちどころに頭をたたき割られてしまう。

ひるまず、前へ踏みこむ。

敵に先んじて攻める。

それが戦いの極意だ。

「ぬんっ」

公家隠密の短刀は、過《あやま》たず敵の心の臓に突き刺さった。

「ぐわっ！」

悲鳴が放たれる。

「うぬが命運、尽きたと知れ」

冷泉為長はそう言い放つと、短刀でぐいとえぐった。

今度は、悲鳴は放たれなかった。

代わりに、口から血があふれた。

「為長！」

声が響いた。

荒々しい足音が響く。

加勢に現れたのは、春田猪之助だった。

七

「くせ者、神妙にせよ」

春田猪之助は抜刀した。

ほかに捕り方はいない。隠密廻り同心と公家隠密だけだ。家族を護《まも》るためにも、ここは敵を防がねばならぬ。

「残りは一人だけでおりゃるよ」

冷泉為長が短刀を構えた。

「まとめて斬ってやる」

敵の悪相がゆがんだ。

斜め上段から剣を振り下ろす。

「ていっ」

春田猪之助が受けた。

もみあいの末、体が離れる。

「住の江《すみえ》の！」

素《す》っ頓狂《とんきょう》な声が響いた。

公家隠密だ。

「岸による波、よるさへや」

またしても小倉百人一首を唱える。

藤原敏行朝臣《ふじわらのとしゆきあそん》の歌だ。

唱えるばかりではない。

動きも入る。

「夢の通ひ路……」

短刀が宙に舞った。

「人めよくらむ」

そこで短刀をつかむと、公家隠密は一つ前転を入れてから攻めこんだ。

宙を舞った短刀、前転した公家隠密。

それが絶好の目くらましになった。

刺客に隙が生じた。

その一点を、公家隠密が鋭く突く。

「うぎゃっ」

悲鳴があがった。

公家隠密の短刀が肺腑《はいふ》をえぐったのだ。

両者の体が離れる。

その一瞬を、今度は春田猪之助が突いた。

「ぬんっ！」

袈裟懸《けさが》けに斬る。

賊の体がぐらりと揺れる。

「とどめを刺してやれ、為長」

春田猪之助がうながした。

「思ひわび」

公家隠密は短刀を構えた。

「さても命は、あるものを」

道因《どういん》法師の歌だ。

次の刹那《せつな》、冷泉為長は力強く踏みこんだ。

心の臓をぐさりと刺す。

たしかな手ごたえがあった。

「憂《う》きに堪《た》へぬは」

公家隠密は短刀を抜き、素早く間合いを取った。

刺客はゆっくりと前のめりに倒れていった。

そして、二度と起き上がらなかった。

「涙なりけり」

血ぶるいをし、ふところに収める。

「さすがだな」

春田猪之助が言った。

公家隠密は指を口にやった。

「いかなる者であれ、死者は弔《とむら》わねばならぬ」

ひと呼吸置いて、嫋々《じょうじょう》たる音色が響きはじめた。

指笛だ。

絶命した刺客を弔う楽の音が響く。

思わず粛然《しゅくぜん》とする調べだ。

春田猪之助も両手を合わせた。

八丁堀の片隅で、公家隠密が奏でる指笛はなおしばらく響いた。

第五章　決戦の前

一

「どうだ、卦《け》は」

中村青猿が身を乗り出した。

眼光の鋭い僧形の男がゆっくりと首をかしげた。

歌舞伎役者の屋敷の奥には離れがある。そこにいくたりか、怪しげな者が集結していた。

廃《すた》れた旅籠《はたご》と、屋敷の離れ。

周到にも、青猿は二つの隠れ家を用意していたのだ。

「芳《かんば》しからず」

卦を立てていた男が苦々しげに答えた。

「すると、刺客はどちらも返り討ちに遭《あ》ってしまったのか」

青猿が問う。

「恐らくは」

憎形の男がしゃがれた声で答えた。

名を日融《にちゆう》という。

江戸でも五本の指に入る人気歌舞伎役者に、言わば飼われている男の一人だ。

卦を立てる力があるばかりか、さまざまな武器を操《あやつ》って敵を斃《たお》すことができる。

侮《あなど》れぬ男だ。

「やり返さなきゃならないわね」

顔を白く塗った者がそう言うと、べべんと三味線《しゃみせん》を鳴らした。

女形の中村紫鷗《しおう》だ。

男色家の青猿とは夫婦のごときもので、一つ屋根の下で暮らしている。

紫鷗も人気役者だから、二人合わせるとかなりの実入りになる。しかしながら、青猿の屋敷の入口は、うち見たところ質素なたたずまいだった。

これは世を欺《あざむ》くための頭巾《ずきん》のごときものだった。華美を好む歌舞伎役者はお上《かみ》に目をつけられることが間々ある。かつてはお咎《とが》めを受け、江戸十里四方処払《ところばら》いに処せられた者もいた。

悪知恵の働く青猿は、そのあたりをよく心得ていた。

歌舞伎役者にしては質素な暮らしをしているふりをする。その代わり、人の目が届かない裏の離れや、隠れ家として使っている廃れた旅籠では、悪《あ》しき相談をしたり、かどわかしてきた者に狼藉《ろうぜき》を働いたりしていた。

「こちらからまた攻めこむか」

青猿が腕組みをした。

「討ち入るは、芳しからず」

日融が浮かぬ顔で答えた。

「わしは敵《かたき》を討ってやりたい」

もう一人、端座していた髭面《ひげづら》の大男が言った。

武芸者の大乗寺剛造《だいじょうじごうぞう》だ。

六尺豊かな大男で、膂力《りょりょく》にあふれている。

長尺の刀を用いた一刀流《いっとうりゅう》の剣は、一撃で敵を斃す力を有している。

それればかりではない。

槍を持たせても無双の力を発揮する。武器を持たず、素手で取っ組み合いになってもまず負けない。抜きん出た怪力で敵の腕や背骨をへし折ってしまう。

武芸百般に、無双の怪力。

まさに百人力の用心棒だ。

「頼みます、先生」

青猿が言った。

「おう、任せておけ」

大乗寺剛造は厚い胸板をたたいた。

「あたしだって、飛び道具なら」

紫鷗が腕を振り下ろすしぐさをした。

「ならば、拙僧も」

日融が嫌な笑みを浮かべた。

筮竹《ぜいちく》を握る。

その先端はいやにとがっていた。

武器としても使うことができる。

「討ち入るのがむずかしいとすれば、おびき寄せるしかあるまいな。そのためには……」

青猿は腕組みを解いて、あごに手をやった。

「かどわかしはどう?」

紫鷗が声を落とした。

「ふふ」

青猿は短く笑ってから続けた。

「わらべさらいを再びか」

悪しき歌舞伎役者が言う。

「しかるのちに文《ふみ》をやり、敵をおびき寄せてたたきつぶすか」

大乗寺剛造が右の手のひらに左の拳《こぶし》を打ちつけた。

「どうだ、その手は」

青猿が日融に問うた。

「うむ」

僧形の男は一つうなずくと、筮竹を操りはじめた。

卦を立てる。

その手元に注目が集まる。

「てやっ」

卦が出た。

「どうだ」

青猿が身を乗り出す。

日融は瞬《まばた》きをした。

魅入《みい》られるような大きな目だ。

「吉凶、相半ばす、と」

僧形の男が答えた。

「ならば……」

青猿は一同を見回してから言った。

「やるべし」

声に力がこもる。

「おう」

大乗寺剛造が真っ先に言った。

「面白くなってきたわね」

紫鷗が嫌な笑みを浮かべた。

二

「とりゃっ！」

公家隠密が刀を振り下ろした。

いつもの短刀ではない。長刀だ。

「てやっ！」

今度は横ざまに振るう。

びゅっ、と剣風がうなる。

「いいぞ」

腕組みをして見守っていた春田猪之助が満足げにうなずいた。

公家隠密が手にしているのは、春田家に伝わる長刀だった。

名工が手がけた業物《わざもの》で、切れる。

ただし、長刀ゆえ、上背がなければ思うように使いこなすことができない。岩のような体軀《たいく》だが、背丈が低い猪之助には残念ながら合わなかった。

だが、公家隠密は違う。

充分な背丈があるから、存分に使いこなすことができた。

「とりゃっ」

見えない敵に向かって、今度は突きを食らわす。

伸びる。

ぐいと伸びていく。

「ほう」

そうひと声発して手を動かした者がいた。

絵師の橋場仁二郎だ。

家主の猪之助から話を聞いて、さっそく稽古《けいこ》を見物に来た。

筆をさらさらと動かし、剣を振るう公家隠密を描く。

「覚悟っ」

猪之助がそう言って、木刀を横に振るった。

ただし、公家隠密とのあいだにはかなりの間があった。

型稽古に近い。

「せいっ」

冷泉為長はその場で跳び上がった。

目を瞠《みは》るほどの高さになる。

「てやっ」

そのまま振り下ろす。

「脳天を割られたっ」

猪之助が木刀を持ったままのけぞるしぐさをした。

絵師の筆がまた小気味よく動いた。

三

「長刀も使ってみれば良きものでありゃあすな」

冷泉為長がそう言って、茶碗酒をくいと呑み干した。

「さすがの剣さばきだったぞ。背丈がないおれにはうらやましい」

春田猪之助がおのれの太い首に手をやった。

公家隠密の部屋だ。

布団のそばには短刀が置かれている。壁ぎわには小ぶりの琵琶《びわ》も立てかけられていた。

むろん、横笛もある。公家隠密は武器と楽器の両刀遣《づか》いだ。

「おかげで良き絵が描けました」

橋場仁二郎が一枚の絵をかざした。

宙へ跳び上がった公家隠密が、いままさに長刀を振り下ろす場面が鮮やかに描かれている。

「烏帽子《えぼし》をかぶったまま刀を振るったのか」

八十島大膳がいぶかしげな顔つきになった。

「いや、色をつけるために描き足したので」

絵師が笑みを浮かべた。

「良く見せるための方便だね」

三味線弾きの新丈が言った。

「そのとおりで」

仁二郎はつややかな青い烏帽子を指さした。

「錦絵にしたら、飛ぶように出るかもしれぬ」

講釈師が言った。

「まろが錦絵に？」

公家隠密がおのれの胸を指さした。

「そうそう。江戸の人気者になりましょう」

三味線弾きが言った。

「歌舞伎役者も顔負けで」

と、絵師。

「それで妬《ねた》んだやつが……いや、その話はひとまずよかろう」

いったん切り出した春田猪之助が口をつぐんだ。

公家隠密に嫉妬《しっと》した歌舞伎役者が青頭巾で面体《めんてい》を隠し、様子をうかがっていた。

その後、さらわれたとおぼしいわらべのむくろが発見され、屋敷に二人の刺客が忍びこんできた。裏で糸を引いているのが青頭巾、すなわち歌舞伎役者の中村青猿だとすれば平仄《ひょうそく》が合う。

「また二の矢が飛んでくれば……」

公家隠密は手刀を構えた。

「ただちに打ち落とすのみ」

さっと手を振り下ろす。

「頼みますぞ。枕を高くして眠れぬので」

八十島大膳が言った。

「頼りにしてますので」

新丈が笑みを浮かべた。

「備えを固くして、いざというときには迎え撃たねばな」

春田猪之助が引き締まった表情で言った。

四

その晩――。

草木も眠る丑三《うしみ》つ時、春田屋敷に向かって駆ける怪しい影があった。

中腰で滑るように進む。

ほどなく、屋敷の前で止まると、怪しい者はあるものを構えた。

弓だ。

あたりの様子をうかがう。

八丁堀の人気《ひとけ》は絶えていた。

夜鳥《よどり》の鳴き声だけが不気味に響いている。

怪しい影は弓を引き絞った。
ひょう、と矢を放つ。
それは閉ざされた大戸の真ん中に過《あやま》たず突き刺さった。
命中したことを確認すると、怪しの者はただちに走り去った。
やがて時が流れ、東の空が白みはじめた。
いくらか経ち、朝の光が矢のかたちをくっきりと浮かびあがらせた。
矢には白いものがくくりつけられていた。
文だ。
早起きの小者が異変に気づいた。
ただちに屋敷のあるじに伝える。
暮夜、ひそかに放たれた矢にくくりつけられた文には、こう記されていた。

わらべをさらつた
わらべのいのちが惜しければ
二十日の丑三つ時
同心と公家隠密

二人のみにて
大川端の桜の近くへ来い
捕り方がをれば
わらべのいのちはないと思へ
青頭巾

五

さらわれたわらべの見当はついた。

南新堀《みなみしんぼり》の醤油《しょうゆ》酢問屋、油屋《あぶらや》の跡取り息子だ。

朋輩《ほうばい》とともに遊んでいたはずが、日が暮れても戻らず、番所に届けが出されていた。聞き込みによると、末は役者かと言われるほど見目うるわしいわらべらしい。青頭巾こと中村青猿のしわざだとすれば、ぴたりと平仄が合う。

「捕り網をわっと張って一網打尽《いちもうだじん》ってのも考えたが……」

春田猪之助がそう言って、猪口《ちょこ》の酒を苦そうに呑み干した。

東西館に近いいつもの蕎麦屋《そばや》だ。

「わらべにもしものことがあったら、後生《ごしよう》が悪いでありゃあすからな」

公家隠密が揚げ蕎麦をさくりと嚙《か》んだ。

稽古中の道着から、狩衣《かりぎぬ》と烏帽子のいつものいでたちに改めている。

「与力殿からも捕り方をと言われたが、なに、おれとおぬしがいれば百人力だろう」

春田猪之助が白い歯を見せた。

「腕が鳴りゃあすな」

冷泉為長は長い指をぽきぽきと鳴らした。

蕎麦が来た。

どちらも大盛りだ。

「ならば、明日の晩だな」

春田猪之助がそう言って、蕎麦をたぐった。

「正しくいえば、あさっての丑三つ時でおりゃるよ」

公家隠密も続く。

「そうだ。ひと寝入りしてから出るか」

春田同心が言った。

「まろは、十ほど眠れば旧に復すゆえ」

冷泉為長がいい音を立てて蕎麦を啜《すす》る。

「十?　数を十数えるのか」

春田猪之助はいぶかしげな顔つきになった。

「夢うつつにて十数えれば、頭の中の霧がはれ、また力がみなぎるのでありゃあすよ」

公家隠密は平然とそう言ってのけた。

「やはり常人ではないな」

春田猪之助は感心の面持《おもも》ちになった。

あっという間に蕎麦は平らげられた。

蕎麦湯をついで呑む。

「わらべを人質に取られたら厄介《やっかい》だな。敵はいくたりいるか分からぬし」

春田猪之助がいくぶん苦そうに蕎麦湯を呑んだ。

「天の助けはわれらにあり」

公家隠密が言った。

「天の助けか」

と、猪之助。

「いかにも。天佑《てんゆう》、悪を成敗《せいばい》せんとするわれらにあり」

公家隠密の声に力がこもった。

「そうだな。必ずや討ち果たすことができよう」

隠密廻り同心は引き締まった表情で答えた。

「わらべの命も救わねば。まろの出番なり」

公家隠密は軽く見得を切った。

六

翌日の晩――。

春田猪之助と冷泉為長は、遅く八丁堀の屋敷を出た。

「夜廻りゆえ、遅くなる」

猪之助が多美に言った。

「お気をつけくださいまし」

多美は少し案じ顔だった。

「わらべさらいなどが横行しているゆえ、まろも見廻りを」

長刀を背に負うた公家隠密が言った。

「お気をつけて」

多美は一礼した。

屋敷を出た二人は、しばらく無言で歩いた。

「まだいささか早いな」

春田猪之助がそう言って夜空を見上げた。

月明かりがある。

烏帽子をかぶった男の影がいやに長く伸びていた。

「文に記されていたのは丑三つ時ゆえ」

冷泉為長が言った。

「かと言って、煮売り屋も屋台も終《しま》いだ。時を待つしかあるまい」

猪之助はそう言ってまた歩を進めた。

「気を集めるにはちょうどいい」

公家隠密が言った。

ほどなく、二つの影は大川端に出た。

「風があるな」

隠密廻り同心が顔をしかめた。

「追い風にすべし」

公家隠密が烏帽子に手をやる。

「おう」

春田猪之助は短く答えた。

決戦の時が迫った。

第六章　大川端の戦い

一

ひょう、ひょうひょうひょうひょう……

丑三《うしみ》つ時の大川端に、笛の音が響いた。

公家隠密が奏でる横笛だ。

ひょう、ひょうひょうひょうひょう……

何かを招喚《しょうかん》するがごとき音色に、隠密廻り同心もしばし耳を傾けていた。

月あかりが濃くなった。

公家隠密がかぶっているものを照らす。

今日は金色の烏帽子《えぼし》だ。

鮮やかな色が闇の中に浮かびあがる。

風に乗って、桜の花びらが流れてきた。

小ぶりではあるが、大川端にも桜の木は植わっている。どうやらそこから流れてきたらしい。

笛の音が止《や》んだ。

風の音に耳を澄ます。

春田猪之助が短く問うた。

「来るか」

「……来る」

公家隠密は答えた。

闇の中から、気配が近づいてきた。

いる。

いくたりもいる。

公家隠密は笛を帯に差した。

代わりに、背に負うた長刀を抜く。

月あかりが、業物《わざもの》の刃《やいば》を照らした。

二

「中村青猿とその一味だな？」

春田猪之助が鋭く問うた。

「世に跳梁《ちょうりょう》する悪は、このまろが許さぬ。神妙にせよ」

公家隠密が刀を構えた。

闇の中から、哄笑《こうしょう》が響いてきた。

「片腹痛いわ」

手下たちの楯《たて》に護《まも》られた後方から、よく通る声が発せられた。

中村青猿だ。

「公家隠密とやら、この江戸で好き勝手はさせねえぞ」

歌舞伎役者が凄《すご》んだ。

素顔ではない。

今日も頭巾《ずきん》をかぶっている。

月あかりがその色をよみがえらせる。

青頭巾だ。

「それはまろの台詞《せりふ》なり。わらべさらいの外道《げどう》めが」

公家隠密は吐き捨てるように言った。

「外道だと？」

青猿の声が怒気をはらんだ。

「外道の中の外道と言うべし。天に代わりて、まろが成敗いたす。覚悟してくりやれ」

公家隠密は長刀を構えた。

「成敗されるのは、うぬらのほうぞ」

青頭巾が指さした。

「機は熟せり。やってしまえ」

僧形の男が軍配を振り下ろすしぐさをした。

日融だ。

「おう」

「やっちめえ」

手下たちが刀を抜いた。

春田屋敷に討ち入ってきた二人の刺客は成敗したが、青猿の手下はまだいくたりも残っていた。

間合いが詰まる。

初めの敵が打ちこんできた。

三

「とりゃっ！」

向こう見ずな手下が斬《き》りこんできた。

「ぬんっ」

公家隠密が撥《は》ね返す。

闇の中に、火花が散った。

「やってしまえ」

おのれには火の粉が降りかからない後方から、青猿が声を張りあげた。

「食らえっ」

べつの手下が槍を突き出してきた。

春田同心を狙う。

「てやっ」

猪之助は横へ動いて槍を払った。

大川端の土手の幅はむやみに広くはない。足が少しもつれて冷や汗をかいた。

「とりゃっ」

手下が冷泉為長めがけてまた斬りこんでいった。

「もろともに」

公家隠密が苦もなく撥ねのける。

「あはれと思へ山桜」

百人一首を口走ると、公家隠密は鋭く踏みこんだ。

袈裟《けさ》懸《が》けに斬る。

「ぎゃっ」

手下が悲鳴をあげてのけぞった。

血しぶきが舞う。

月あかりを受け、その赤が一瞬、鮮やかになった。

桜の花びらが風に躍る。

「花よりほかに……」

公家隠密はとどめを刺した。

首筋を深々と斬られた手下は、もう声を発しなかった。

白目を剝《む》き、前のめりに斃《たお》れる。

「知る人もなし」

前大僧正行尊《さきのだいそうじょうぎょうそん》の歌を唱え終えると、公家隠密は血ぶるいをした。

金色の烏帽子に、絵師が施《ほどこ》した彩りのごとくに血が降りかかった。

四

「死ねっ」

槍の名手がまた猪之助を狙った。

遠くからぐいと伸びてくる槍だ。

侮《あなど》れぬ。

「せやっ」
体を開いて、猪之助はかわした。
「覚悟っ」
敵は槍を振り下ろしてきた。
また突きに備えていた猪之助は虚を突かれた。
剣で受けるか、かわすか。
一瞬の躊躇《ちゅうちょ》があった。
いかん……。
猪之助は横へ跳んでかわそうとした。
顔すれすれのところを槍の刃がかすめる。
間一髪で、槍はかわした。
だが……。
夜露《よつゆ》に濡れた大川端の草に足を取られた。
ずるっ、と滑る。
土手に倒れた春田同心は無防備な体勢になった。
ここぞとばかりに、槍の名手が踏みこむ。

一撃で刺し殺そうとする。
春田猪之助は、絶体絶命の窮地に陥った。
「てやっ！」
公家隠密は、次の手下を斬り捨てた。
次の刹那《せつな》——。
猪之助の危難に気づいた。
いままさに槍が振り下ろされようとしている。
急いで近づいても間に合わない。
かくなるうえは……。
公家隠密は狩衣の襟《えり》を開いた。
じゃらっ、と異な音が響いた。
長い指が、あるものをつかんだ。
手裏剣《しゅりけん》だ。
先が鋭くとがっている。
磨きに余念はない。

狙いを定めて、必殺の武器を打つ。

敵の槍に先んじて、鋭く腕を振り下ろす。

「ぐわっ!」

槍の名手がのけぞった。

公家隠密が投じた手裏剣は、敵の眉間《みけん》に過《あやま》たず突き刺さっていた。

猪之助が体勢を整え直した。

剣を構え、土手からぐいと突き上げる。

それは、槍の名手の肺腑《はいふ》を深々と刺し貫いた。

口から鮮血がほとばしる。

敵がいまわのきわに吐いたものを、月あかりがしみじみと照らした。

五

「おのれはっ!」

日融が怒声を発した。

「何をしている。斬ってしまえ」

青頭巾が叫んだ。
鎖鎌《くさりがま》がうなる。
風を切って回る。
「とりゃっ」
日融の鎖鎌は、公家隠密の剣にがっしりと絡みついた。
憎形の男の力は強かった。
相手の動きを封じ、機を見て鎖鎌で首を掻き切る。
それが日融の得意技だ。

そうはさせぬ。

公家隠密は敵の動きを読んだ。
さりながら……。
剣は封じられてしまった。
腕を動かすことができない。

かくなるうえは、あの手でありゃあすな。

冷泉為長は身を動かした。

腕ではない。

ひざだ。

公家隠密が剣術のほかに秀でているのは、笛や琵琶や囲碁ばかりではない。

蹴鞠《けまり》も名手だ。

冷泉為長が高く蹴りあげた鞠は空の雲にまで達したと、まことしやかに伝えられているほどだ。

そのひざが動いた。

わずかな隙を突いて、鋭く蹴り上げる。

「ぐわっ！」

日融が叫んだ。

公家隠密が放った渾身《こんしん》の蹴りは、敵の急所に命中していた。

鎖鎌を持つ手がゆるんだ。

いまだ。

「てやっ」
公家隠密は鎖鎌を外した。
急所を蹴られた日融がうずくまる。
休むいとまを与えてはならない。
さらに蹴る。
足が美しく上がる。
蹴鞠で鍛えた公家隠密の足は、僧形の男の後ろ頭に物の見事に命中した。
悲鳴も響かなかった。
日融は目を剝いて悶絶《もんぜつ》した。
「覚悟でありゃあすよ」
そう言うなり、公家隠密は長刀を振り下ろした。
花びらが舞う。
少し遅れて、敵の首が宙を舞った。

六

春田猪之助も奮闘していた。

「食らえっ」

偉丈夫《いじょうふ》の大乗寺剛造が長脇差を振り下ろしてくる。

「とりゃっ」

春田同心は正しく受けた。

同じしくじりをせぬように、足元に気をつけながら戦う。

「ぬんっ」

敵を撥ねのけ、間合いを取る。

ちょうど公家隠密が日融を仕留めたところだった。


やるな、為長。

今度はおれの番だ。

猪之助は迎え撃つ構えになった。

「死ねっ」

大乗寺剛造はやみくもに斬りこんできた。

膂力《りょりょく》にはあふれているが、脇が開いている。


隙あり。


猪之助は踏みこみ、袈裟懸けに斬った。

遠回りをする敵の剣は届かなかった。

「ぐわっ！」

悲鳴とともに血しぶきが舞う。

体が離れた。

「慈悲だ」

隠密廻り同心の剣が動いた。

一閃《いっせん》する。

大乗寺剛造はもう声を発しなかった。

首筋を深々と斬られた敵は、ゆっくりと前のめりに斃れていった。

七

「小癪《こしやく》な」

青頭巾が前へ出てきた。

中村青猿だ。

歌舞伎役者はあるものを構えていた。

刀ではない。

槍でも鎖鎌でもない。

青猿が手にしていたのは、短銃《たんづつ》だった。

「うっ」

春田猪之助がうめいた。

ここで飛び道具が出るとは、まったく予想していなかった。

「為長」

春田同心は公家隠密を見た。

「ふふふ」

金色の烏帽子をかぶった男が笑う。

「何がおかしい。撃つぞ」

青猿が凄んだ。

「まろには当たらぬ」

公家隠密は傲然《ごうぜん》と言い放った。

「当たらぬだと？」

青猿は一歩間合いを詰めた。

「四、六……」

冷泉為長は妙な言葉を口走った。

「五、六……」

さらに続ける。

「何だこれは」

青頭巾が首を振った。

頭の中で異なものが飛び交いだしたのだ。

賽《さい》の目だ。

「六、六」

公家隠密の声が高くなった。

六と六。

二つの強い賽の目が頭の中で散る。

短銃を持つ手がふるえる。

公家隠密はぐっと気を集めた。

冷泉為長は盤双六《ばんすごろく》の名手でもある。賽の目を自在に操《あやつ》っているのではないかと怪しまれるほど、続けざまに良い目を出して相手を圧倒するのが常だった。目に恵まれるばかりではない。戦術にも長《た》けている。

同じ目でも、駒をどう動かすかによって差が生じる。三手先まで出目に応じた手を読むことができる公家隠密には、余人を寄せつけぬ強さがあった。

「六、六！」

とどめを刺すように、公家隠密が叫んだ。

またしても、最強の目だ。

次の刹那――。

青猿の短銃が火を噴いた。

だが……。

狙いを定めることができなかった歌舞伎役者の短銃の弾は、あらぬほうへそれていった。

八

「よし、いまだ！」
春田猪之助が勇んだ。
間合いを詰める。
公家隠密も続いた。
次の銃撃の支度が整うまでに討つ。
これが兵法だ。
しかし……。
ここで思わぬ事態となった。
目の前に、いきなり関所のごときものが立ち現れたのだ。

「待って！」

鋭い声が響いた。

青頭巾の後ろから、人影が近づいてきた。

女形の中村紫鷗だ。

一人ではない。

わらべをつれていた。

その首に、短刀を突きつけている。

「刀を捨てなさい。さもないと、この子の命はないわよ」

紫鷗が凄んだ。

わらべは泣きわめいたりしなかった。

哀れにも後ろ手に縛られ、猿ぐつわを嚙まされている。

「言うとおりにしな」

態勢を整え直した青猿が言った。

「卑怯《ひきょう》な」

春田猪之助が吐き捨てた。

「この子の命が惜しくば、刀を捨てなさい」

紫鷗が重ねて言った。

「どうする、為長」

猪之助が口早に問うた。

「……やむをえぬ」

のどの奥から絞り出すように答えると、公家隠密はその場に刀を捨てた。

じゃらっ、と乾いた音が響く。

少し遅れて、猪之助も続いた。

公家隠密と隠密廻り同心は、敵の前で無防備な姿になった。

第七章　弔《とむら》いの笛

一

「ふふふふふ……」

中村青猿が嗤《わら》った。

再び短銃《たんづつ》を構える。

「素直でいいわね」

紫鷗が言った。

短刀はわらべに突きつけたままだ。

「よくも手下たちを殺《あや》めてくれたな。覚悟せよ」

悪《あ》しき歌舞伎役者は間合いを詰めた。

「為長！」

春田猪之助が切迫した声を発した。


どうにかしろ。

おれは手も足も出ねえ。


そんな思いがこもったひと言だ。

「ふふふふふ……」

また嗤いが響いた。

嗤っているのは、歌舞伎役者ではなかった。

公家隠密だった。

「何がおかしい」

短銃を構えた青頭巾《あおずきん》が鋭く問う。

「まろには当たらぬ」

冷泉為長は傲然《ごうぜん》と言い放った。

そして、あるものを手に取った。

武器ではない。

公家隠密が手にしたのは、笛だった。

二

高い音が発せられた。
横笛が奏でることができる最も高い音だ。
頭の芯に刺すように響く。
「今生《こんじょう》の別れに吹いておけ」
青猿が鼻で笑った。
音色が変わった。

ひゅるる、ひゅるるるるー……

思わず粛然《しゅくぜん》とするような響きだ。
公家隠密はぐっと気を集めた。

音の舟よ、深みに届け。

まろに力を与えよ。


横笛を奏でながら、そう念じる。


風よ吹け。

悪しきものどもを一掃《いっそう》し、この世を美しくせよ。


ひゅるる、ひゅるるるるー……


笛の音が高くなった。

「早く始末して」

紫鷗が焦《じ》れたように言った。

「おう」

青頭巾が短く答えた。

「これで三途《さんず》の川を渡れ」

歌舞伎役者は短銃の狙いを定めた。

「当たらぬ」

公家隠密の声が響いた。

「邪《よこしま》なる弾は、まろには当たらぬ」

笛を持ったまま言い放つ。

次の刹那《せつな》――。

風が吹いた。

この世の底から吹きあがるような風だ。

「死ね」

青猿が引き金を引いた。

発射音が響く。

公家隠密めがけて、たしかに弾は放たれた。

しかし……。

悲鳴は響かなかった。

公家隠密は、無傷でその場に立っていた。

三

「当たらぬ」

公家隠密は間合いを詰めた。

「ぐっ」

必殺の一発を外した青頭巾がうめく。

ここで猪之助が動いた。

いったん放り出した刀をつかもうとする。

「動かないで」

紫鷗がすかさず言った。

「この子の命はないわよ」

女形が凄《すご》んだ。

猿轡《さるぐつわ》をかましたわらべののどのあたりに刃物を突きつけている。

紫鷗は猪之助のほうを見ていた。

いまだ。
今度は公家隠密が動いた。
狩衣《かりぎぬ》の内側に忍ばせていたものをつかむ。
手裏剣《しゆりけん》だ。
鋭く手を振り下ろす。
公家隠密が放った手裏剣は闇を切り裂いて飛んだ。
「ぎゃっ！」
紫鷗が悲鳴をあげた。
手裏剣が眉間《みけん》に突き刺さったのだ。
間髪《かんはつ》を容《い》れず、公家隠密は地面を蹴って宙に舞った。
蹴鞠《けまり》で鍛えた体が跳ぶ。
武器は手にしていない。
身そのものが武器だ。
「てやっ」
気合のこもった声が響いた。

宙を舞い、ひざ蹴りを食らわせる。

それは女形の白塗りの顔面をしたたかに打った。

「うぎゃっ」

紫鷗がよろめく。

公家隠密は地に下り立った。

今度はひじ打ちを食らわせる。

紫鷗の歯が折れてぱっと飛び散った。

「こっちへ」

公家隠密はわらべを引き離した。

「頼む」

春田同心のほうへ力強く移動させる。

「おう」

猪之助が素早く動いた。

「こっちへ来い」

後ろ手に縛られているわらべを抱きかかえ、火の粉が降りかからないところまで走る。

公家隠密は紫鷗にとどめを刺そうとした。
だが……。
ここで鋭い声が響いた。
「動くな」
声を発したのは、青猿だった。
月あかりが濃くなる。
青頭巾がまた短銃の狙いを定めていた。

四

春田猪之助が公家隠密の危難に気づいた。
「為長！」
名を呼ぶなり、冷泉為長がいったん放り出した長刀をつかんで投げる。
公家隠密は弾むように身をかがめた。
長刀を受け取って構える。
目にも止まらぬ動きだった。

猪之助はわらべの猿轡を解いた。

たちまち泣き声が響く。

「もう大丈夫だ」

猪之助はなだめた。

その声にかぶさるように、歌舞伎役者の声が響いた。

「刀で短銃に勝てるか」

青頭巾が嗤った。

「まろには当たらぬ」

公家隠密は間合いを詰めた。

「邪なる弾は、まろには当たらぬ」

重ねて言う。

「撃ち殺して！」

歯を折られた女形が必死の形相《ぎょうそう》で叫んだ。

「おう」

青猿は頭巾を脱いだ。

まなざしが鋭くなる。

「今度こそ仕留めてやる」

銃口が向けられた。

「撃ってくりゃれ」

公家隠密は長刀を構えた。

正眼の構えだ。

春田猪之助は息を呑んだ。

いかに遣《つか》い手であっても、飛び道具には勝てぬ。

勝負にはならない。

公家隠密の命運は、ここで尽きたかに思われた。

五

冷泉為長には流れが見えた。

おのれの血筋の淵源《えんげん》にも届く流れだ。

大河の流れも、一滴の水の滴《したた》りから始まる。

その源を想え。

公家隠密はさらに気を集めた。

瞬《まばた》きをする。

深い闇の中に、灯りが見えた。

始原の一滴の水が滴る深い闇に、蠟燭《ろうそく》が一本、ぽつんと立っている。

その灯りだ。

ここからすべてが始まる。

まろにはその始原の光が見える。

風が吹いた。

公家隠密の背に、束《つか》の間《ま》、強い追い風が吹きつけた。

「覚悟しろ」

素顔になった歌舞伎役者が短銃の狙いを定めた。

「死ねっ！」

発射音が響いた。

だが……。

ほぼ同時に、甲高《かんだか》い音も響いた。

カンッという音だ。

公家隠密の刀は、青猿が放った短銃の弾をものの見事に弾き返していた。

「まろには当たらぬ」

引導を渡すように、公家隠密は言った。

「ううっ」

歌舞伎役者がうめいた。

もはや頭巾を脱いでいる。月あかりが素顔を照らす。

その顔には、恐怖の色がはっきりと浮かんでいた。

「何やってるの！」

紫鷗が叫んだ。

「斬《き》ってしまえ、為長」

わらべを保護した猪之助が言った。

「おう」

公家隠密はさらに間合いを詰めた。

「おのれっ」

青猿が長脇差を抜いた。

次の弾が間に合わない短銃をふところにしまい、向こう見ずに斬りかかってくる。

「ていっ」

公家隠密は苦もなく振り払った。

また間合いを取る。

風に乗って、桜の花びらが流れてきた。

月あかりがその色を浮かびあがらせる。

「花の色は」

よく通る声で言葉を発し、公家隠密は剣を振りかざした。

小倉百人一首の小野小町《おののこまち》の歌だ。

言霊《ことだま》を唱えると、身の深いところから力が湧きあがってくる。

常にも増して、身が動く。

仏が光背を背負うがごとくに、おのれの背につねならぬものが乗り移る。

ゆえに、公家隠密は和歌を唱えながら剣を振るう。

「食らえっ」

歌舞伎役者がやみくもに斬りこんできた。

醜い剣だ。

「うつりにけりな」

公家隠密は正しく受けて押し返した。

また間合いができる。

敵の脇が開いた。

いまだ。

「いたづらに」

公家隠密は翔《と》ぶがごとくに踏みこんだ。

長刀を振り下ろす。

「ぐわっ！」

青猿が叫んだ。

公家隠密の剣は、悪しき歌舞伎役者の頭を斬り裂いていた。

血しぶきが舞う。

月あかりが照らす。

「わが身世にふる」

公家隠密はさらに剣を振るった。

袈裟懸《けさが》けに斬る。

歌舞伎役者は芝居の所作のようにゆっくりと斃《たお》れていった。

「ながめせしまに」

血ぶるいをする。

桜の花びらがひとひら、金色の烏帽子《えぼし》に振りかかった。

六

「あひゃひゃひゃひゃひゃひゃ」

大川端に素《す》っ頓狂《とんきょう》な声が響いた。

手負いの女形が、刃物をかざして突進してきた。

青猿が成敗《せいばい》されたのを見て、紫鷗は気がふれてしまったのだ。

「慈悲でおりゃるよ」
公家隠密の剣が一閃《いっせん》した。
青猿に続いて、紫鷗も袈裟懸けに斬る。
首筋から、ぱっと血が噴き出した。
女形は舞うように動いた。
いまわのきわの舞だ。
青猿の骸《むくろ》に寄り添うように、紫鷗は斃れた。
そして、それきり動かなかった。

公家隠密は血ぶるいをした。
刀を納め、代わりにあるものを抜く。
笛だ。

ひょう、ひょうひょうひょう……

大川端に音が響きだした。

思わず粛然とするような笛の音だ。


悪しきものといえども、死せば弔《とむら》わねばならぬ。

成仏《じょうぶつ》してくりゃれ。


公家隠密はさらに笛の音を奏でた。

大川端を風が吹く。

花びらが二つの骸に振りかかる。

それを月あかりが照らす。


ひょう、ひょうひょうひょうひょう……


弔いの笛がさらに響く。

わらべはやっと泣きやんだ。

「もう終わったぞ」

春田猪之助がやさしい声で言った。

人質に取られていたわらべは、こくりとうなずいた。

ひょう、ひょうひょうひょう……

長く尾を曳《ひ》く音が止《や》んだ。

笛をしまうと、公家隠密は深々と一礼した。

「終わったな、為長」

猪之助が声をかけた。

「一件落着でおりゃるよ」

公家隠密が白い歯を見せた。

第八章　双六《すごろく》と蹴鞠《けまり》

一

解放されたわらべは、無事、親元へ届けられた。

南新堀の醤油《しょうゆ》酢問屋、油屋茂兵衛《もへえ》だ。

さらわれたのは跡取り息子の茂吉《もきち》だった。六つのわが子の身の上を案じ、父も母も神信心を繰り返し、憔悴《しょうすい》しきっていた。

そこへ息子が戻ってきたものだから、油屋の喜びは尋常《じんじょう》ではなかった。父も母も、ただただ涙だ。

「何と御礼を申し上げればいいのか……」

茂兵衛は涙に濡れた目で言った。

茂吉は母に抱かれてともに涙だ。

「怖い思いをしたんだ。時はかかるかもしれねえが、大事にしてやってくんなよ」

わらべを親元に戻した春田猪之助同心が情のこもった声で言った。

「はい。もう放しはしません」

油屋のあるじが答えた。

「このたびは、本当にありがたく存じました」

おかみものどの奥から絞り出すように言った。

「おれも戻せて嬉《うれ》しいぜ」

猪之助は笑みを浮かべた。

「また改めて奉行所へ御礼にうかがいますので」

茂兵衛が言った。

「それにゃ及ばねえよ」

春田同心が軽く右手を挙げた。

「いえいえ、手前の気持ちが済みませんので」

油屋のあるじが引き締まった表情で言った。

「なら、おれは外を廻ってるかもしれねえが、与力さまならたいていいるからよ。

小園《こぞの》与力を訪ねてくんな」

隠密廻り同心が言った。

「承知いたしました」

茂兵衛が頭を下げた。

「さ、おまえも御礼をお言い」

母が跡取り息子をうながした。

「無理に言わなくてもいいぜ」

猪之助が笑みを浮かべた。

六つのわらべは目元を指で拭《ぬぐ》った。

そして、しっかりした声で言った。

「ありがたく存じました」

かむろ頭をぺこりと下げる。

「おう、よく言えたな。達者で暮らせ」

春田同心はそう言って腰を上げた。

二

油屋のあるじは義理堅かった。

北町奉行所へは手代とともに顔を出した。

菓子折ばかりではない。差し入れにあきなっている醬油と味醂《みりん》のとびきりいい品も運んできた。

「これは助かる。礼を申すぞ」

出迎えた小園大八郎《だいはちろう》与力が言った。

春田同心の上役で、背筋の伸びた頼りになる役人だ。

「いえいえ、御礼を申さねばならないのは手前どもで。今日お持ちしたのはほんの気持ちでございますので」

茂兵衛はていねいに頭を下げた。

「さらわれた子はどうだ。達者にしているか」

きびきびした口調で、小園与力が問うた。

「はい、おかげさまで。やっと笑うようになりました」

油屋のあるじは表情をゆるめた。

「そりゃあ何よりだ。体の傷と同じように、心の傷もいずれ癒《い》えるからな」

小園与力はそう言って茶を啜《すす》った。

ほどなく、春田同心が急ぎ足で入ってきた。

廻り仕事から戻り、油屋が来ていることを知ったらしい。

「上等の醬油と味醂をもらったぜ」

与力が告げる。

「あきない物で恐縮ですが、ほんの気持ちで」

茂兵衛が笑みを浮かべた。

「そりゃすまねえな」

猪之助が軽く頭を下げた。

「ところで、このたびのいちばんの働きは、おめえんとこのお公家さんだったんだろう？」

小園与力が言った。

「お公家さまでございますか」

油屋のあるじはいぶかしげな顔つきになった。

「公家の血筋を引く冷泉為長という男がおれの長屋に住んでいる。隠密廻りの手下だから、人呼んで公家隠密だ。このたびの悪党退治では、めざましい活躍ぶりだったぜ」

春田同心が伝えた。

「さようでございますか。せがれにとっては、その方も命の恩人で」

茂兵衛がうなずいた。

「まさに、そのとおりだな」

猪之助が答えた。

「では、ぜひともお目にかかって御礼を申し上げとうございます」

跡取り息子を救ってもらった父親が言った。

「なら、ここで段取りを整えておけばいいだろう」

小園与力はそう言って茶を呑み干した。

「はい、いつでもうかがいますので」

油屋のあるじが言った。

「おう、会ってみる値打ちはある男だからな」

春田同心は笑顔で言った。

ほどなく、段取りが整った。

三日後、また菓子折を提げて、油屋のあるじは八丁堀の春田屋敷を訪れた。

ただし、一人ではなかった。手代をつれてもいなかった。

油屋茂兵衛は、跡取り息子の茂吉とともにやってきた。

三

「当たり前のことをしただけでありゃあすよ」

公家隠密は涼しい顔で言った。

例によって烏帽子《えぼし》をかぶっているが、今日は金色ではなくさわやかな水色だ。

「せがれを助けていただき、本当にありがたく存じました」

油屋のあるじが頭を下げた。

「ありがたく存じました」

父から言われていたのか、六つのわらべも礼を述べた。

「よく言えたな」

春田猪之助が笑みを浮かべる。

「これは些少《さしょう》でございますが、御礼でございます」

茂兵衛は袱紗《ふくさ》に包んだものを差し出した。

「もう充分に礼はもらってるので」

猪之助が右手を挙げた。

「いえいえ、気持ちでございますので。長屋の皆さまも含めて、酒肴《しゅこう》を楽しんでくださいまし」

油屋のあるじがにこやかに言った。

「なら、もらっておけ、為長」

猪之助が言った。

「酒肴をあがなうのなら、家主どのに」

公家隠密が身ぶりで示した。

「そうか。欲のない男だな」

春田同心はそう言って、袱紗をふところにしまった。

「せっかくだから、子供らと遊ばせたらどうか、猪之助」

公家隠密が水を向けた。

「そうだな。呼んでこよう」

春田同心はすぐ腰を上げた。

「盤双六《ばんすごろく》なら、いくらでも教えるゆえ」

公家隠密はわらべに言った。

烏帽子をかぶった男を見て、茂吉はにこりと笑った。

四

「いい目でおりゃるよ」

茂吉が振った賽《さい》の目を見て、公家隠密が笑みを浮かべた。

「どう動かす？」

左近が問うた。

「うーん……」

茂吉は首をかしげた。

「右近は？」

今度は弟にたずねた。

「こう」

五つのわらべが駒を動かす。

「そこへは行けないわよ」

母の多美が笑って言った。

「この目なら、こうだな。次の目を活かしやすい」

公家隠密が教えた。

「へえ」

「むずかしい」

「動かしてみる」

わらべたちが口々に言った。

左近が七つ、茂吉が六つ、右近が五つだから似たようなものだ。

その後もしばらく盤双六が続いた。

「あっ、六が二つ出た」

茂吉が声をあげた。

「いちばん強い目でありゃあすな。これは負けだ」

わらべ軍と戦っていた公家隠密が白旗を挙げた。

「わあい」

「勝ったぞ」

兄弟がはしゃぐ。

「いい目が出た」

茂吉も笑顔で言った。

「良かったわね」

多美がやさしい顔つきで言った。

「良かったな、遊んでいただいて」

油屋のあるじも表情をやわらげた。

「ほかにもいろいろ見せてやれ」

猪之助が公家隠密に言った。

「ならば、庭へ」

冷泉為長はすっと腰を上げた。

「何を見せてくれるの？」

左近が問う。

「蹴鞠《けまり》でありゃあすよ」

公家隠密は白い歯を見せた。

五

えっ、ほっ……


掛け声を発しながら、公家隠密が鞠を蹴る。

朱色《しゅいろ》の鞠が、抜けるような青空へ舞い上がる。

「わあ、すごい」

茂吉が声をあげた。


ほいっ、ほいっ……


公家隠密の足が上がる。

そのたびに、蹴鞠が面白いように宙を舞う。

「もっともっと」

右近がはやす。

「技を見せて」

兄の左近がせがんだ。

それを聞いて、公家隠密は烏帽子を脱いだ。

「猪之助、これを」

春田同心に向かって烏帽子を投げる。

「おう」

猪之助はしっかりと受け取った。

公家隠密がなぜ烏帽子を脱いだのか、そのわけはすぐ分かった。

「とりゃっ」

蹴鞠を蹴り上げるや、公家隠密も宙に舞った。

そのまま空中で一回転する。

まるで軽業師のような身のこなしだ。

蹴鞠が落ちてきたところを、また天高く蹴り上げる。

再び宙に舞って一回転する。

「うわあ」

「すごい」

わらべたちは目を瞠《みは》るばかりだった。

「これは良きものを……」

油屋のあるじも感嘆の面持《おもも》ちだった。

「すげえな」

猪之助もうなる。

よっ、ほっ……

ひとしきり足を動かすと、公家隠密は頃合いと見て蹴鞠を胸で受けた。

「今日はこれにて終わりでありゃあすよ」

そう告げると、わらべたちは笑顔で競うように手をたたいた。

六

油屋からの礼金を使って、長屋で宴《うたげ》が催《もよお》されることになった。

せっかくだから、上等の鰻《うなぎ》の出前を頼んだ。酒もとっておきの下り酒を出した。

医者の榎本孝斎、絵師の橋場仁二郎、講釈師の八十島大膳、三味線《しやみせん》弾きの新丈。春田屋敷の店子《たなこ》たちはみな公家隠密の部屋に集まった。むろん、春田猪之助もいる。

「さすがに上物《じょうもの》の鰻はうまいな」

春田猪之助が満足げに言った。

「これを食していれば医者いらずで」

当の医者の孝斎が言う。

それを聞いて、みなあいまいな顔つきになった。何を食していようとも、藪《やぶ》医者はあまりお呼びでない。

「何にせよ、一件落着でようございましたな」

新丈がそう言って、家主の猪之助に酒をついだ。

「すべては為長の働きで」

春田同心は公家隠密を立てた。

「その働きを、ぜひともかわら版で採《と》り上げたいのですがな」

八十島大膳が身を乗り出した。

多芸多才な講釈師は、かわら版の文案づくりも手がけている。おのれがつくったかわら版をおのれの手で売りさばくのがつねだ。むろん、新丈の三味線つきだ。

「それなら、わたしが挿絵《さしえ》を」

絵師が手を挙げた。

「ぜひともお願いいたしたいところ」

大膳が頭を下げた。

「これで公家隠密に人気が出るぞ」

猪之助がそう言って、猪口の酒を呑み干した。

「まろに人気が？」

公家隠密が首をかしげた。

「江戸じゅうの人気者になってもおかしくはない。そのために、入念に聞き書きをして、気を入れて文案をつくりましょう」

八十島大膳は帯をぽんと一つたたいた。

「わたしは下描きを。道具を取ってまいります」

橋場仁二郎が腰を上げた。

「一人だけ蚊帳《かや》の外ですな」

藪医者が苦笑いを浮かべた。

「まあ、呑み食いをしていてくれれば」

家主もあいまいな顔つきで言う。

ほどなく、絵師が戻ってきた。

「あの日はこれをかぶっていた」

公家隠密が金色の烏帽子をかぶった。

「絵になりますな」

橋場仁二郎が言う。

「ちょうど桜の花びらが降りかかってきた」

冷泉為長が烏帽子に手をやった。

「それはいただきましょう」

絵師がすぐさま言った。

「こちらは順を追って聞かせていただきましょう」

大膳も矢立《やたて》を取り出した。

かわら版の文案づくりの講釈師と絵師、二人の筆はその後しばらく小気味よく動きつづけた。

第九章　奮闘、東西館

一

「さあさ、買ったり買ったり」
八十島大膳がよく通る声を張りあげた。

べべん、べんべん……

新丈の三味線《しやみせん》が鳴る。
両国橋の西詰だ。
江戸でも指折りの繁華な場所に人だかりができていた。
その真ん中にいるのが講釈師と三味線弾きだ。

「江戸を騒がせしわらべさらいの正体はいかに。そして、その悪党を退治せし、烏帽子《えぼし》をかぶった公家隠密とは。すべてはこの一枚のかわら版に記されておりますぞ」

大膳はそう言って、刷り物をひらひらと振った。

ちょうど公家隠密の絵が描かれているところが、思わせぶりにちらちらと揺れる。

「公家隠密って初めて聞いたな」

「知らねえのかい、おめえ。いま江戸じゃいちばんの人気だぜ」

男たちが掛け合う。

「へえ、そうなのかい」

「歌舞伎役者より人気だぜ。その歌舞伎役者が……おっと、言えるのはここまでだ」

一人が口に手をやった。

野次馬のふりをしているが、実は大膳の息のかかったサクラだ。

べべん、べんべん……

新丈の三味線が調子よく響く。

「さあさ、買ったり。胸のすくような公家隠密の悪党退治、仔細《しさい》はすべてこの一枚に記されておりますぞ」

大膳の声がひときわ高くなった。

「おう、買うぜ」

「一枚くんな」

サクラがまず手を伸ばす。

「おいらも」

「そりゃ読まねえとな」

客は我先にと刷り物を求めた。

烏帽子姿の公家隠密が躍るかわら版には、こう記されていた。

二

江戸の町にわらべさらひが出没せり。一人のわらべは、悲しむべきことに、根津権現裏にて変わり果てた姿で発見されたり。悪鬼の所業か、まことにもつて憎むべきことなり。

この悪鬼の正体は、驚きの人物なり。

江戸でも人気の歌舞伎役者、中村青猿こそ、憎むべき咎人《とがにん》なりき。

稚児《ちご》を愛するだけならともかく、人の道を外れし青猿は、廃《すた》れし旅籠《はたご》をねぐらとし、女形の中村紫鷗らとともに芳《かんば》しからぬ行ひを繰り返してゐをり。

そしてつひに、手下に命じてわらべをさらひ、殺《あや》めるといふ言語道断の所業を行へり。憎むべきかな、恐ろしきかな。

平生は青頭巾《あおずきん》をかぶり、面体《めんてい》を隠してをりし青猿なれど、おのづと漂ひ出る悪《あ》しき気までは覆《おお》ひ尽くせぬものなり。

その悪しき気を察知せしが、公家隠密こと冷泉為長なり。

由緒正しき公家の血筋を引き、有職故実《ゆうそくこじつ》に琴棋書画《きんきしょが》のみならず、武芸百般、よろづの道に通じたる快男児が、悪党退治に乗り出せり。

(烏帽子姿の公家隠密の凜々《りり》しい絵入り)

それに気づきし中村青猿は、先手を打つて返り討ちにせんと欲したり。公家隠密は北町奉行所の隠密廻り同心、春田猪之助の長屋の店子《たなこ》となつてゐをり。青猿はそこへ手下を放ち、夜討ちをかけたり。

さりながら、烏帽子姿の公家の血筋なれども、冷泉為長は名うての遣《つか》ひ手なり。江戸へ至りしのち、南茅場町の道場、東西館にて腕を磨きし為長は、同門の春田猪之助と意気投合し、その長屋の店子となれり。隠密同心の手下筋なれば公家隠密なり。

さて、夜討ちの手下どもは、ものの見事に返り討ちにせり。

激怒せし青猿は、さらに人の道を踏み外したり。わらべをさらひ、助けたくば丑三《うしみ》つ時に大川端へ来いと文《ふみ》をくくりつけた矢をば春田屋敷に放てり。

かくして、大川端の決戦の時が来たり。

歌舞伎役者の手下には、鎖鎌《くさりがま》を自在に操《あやつ》る僧がゐをり。その武器は、公家隠密の刀にがつしりと絡みつきたり。

さりながら、冷泉為長は蹴鞠《けまり》の名手なり。

蹴鞠で鍛へしひざ蹴りを見舞へば、攻守はたちどころに逆転せり。

（敵にひざ蹴りを見舞う公家隠密の絵入り）

かうしてまた一人敵を倒せし公家隠密なりしが、敵はさらなる武器を取り出したり。

そは飛び道具の短銃《たんづつ》なり。

さしもの公家隠密も絶体絶命、ここに進退きはまれり。

されど、冷泉為長は盤双六《ばんすごろく》の名手でもありき。自在に出目を操ることもできる気をぐつと集めれば、青猿の弾はあらぬはうへそれたり。

しかしながら、ここでまたしても危難が訪れたり。

青猿の女房とも言ふべき女形の紫鷗が、人質のわらべを楯《たて》に現れたり。

やんぬるかな。憎むべし、青猿と紫鷗。

是非もなし。公家隠密と隠密廻り同心は、武器を捨てて丸腰となれり。

うぬらの命運は尽きたり。

青猿の短銃が再び公家隠密を狙へり。

今度こそ絶体絶命。

いかがする、公家隠密。

（身構える公家隠密の絵入り）


「まろには当たらぬ」

公家隠密は平然とさう言つてのけり。

その言葉どほり、敵の弾は刀にてはねかへされたり。

ここからは公家隠密の面目躍如なり。

さしもの悪党も、太刀《たち》のひと振りにて成敗《せいばい》されり。

春田同心の力も得て、公家隠密は憎き歌舞伎役者どもを退治せり。悪事を企てし青猿も紫鷗も、哀れ大川端の露《つゆ》と消えたり。

命を救はれしわらべは、のちに親元へ帰されたり。

公家隠密のたぐひまれなる活躍により、悪党どもは成敗され、江戸の安寧《あんねい》は保たれたり。

褒《ほ》むべし、公家隠密。

讃《たた》うるべし、その名を。

冷泉為長、ここにあり。

（最後に見得を切る公家隠密の絵入り）

三

「とりゃっ！」

師範代の敷島大三郎がひき肌竹刀《はだしない》を打ちこんだ。

「ぬんっ」

公家隠密が正しく受けた。

初めは小倉百人一首を唱えながらだったが、このところは地味な鍛錬だ。それがあらばこそ、ここぞというときに派手な技も使うことができる。

「てやっ」

今日は春田同心も道場に足を運んでいた。

忙しいつとめの合間を縫って、住まいから近い道場に足を運んで研鑽《けんさん》につとめている。

南茅場町の東西館には活気があった。

道場の内ばかりではない。外にもずいぶんと見物衆がいた。

格子窓から中の様子をうかがうことができる。稽古《けいこ》を見た者が、ならばわれもと手を挙げられるようにという配慮だ。

その見物衆がとみに増えた。

明らかに、かわら版に載った効き目だ。

見物衆は男ばかりではなかった。公家隠密が目当ての娘たちの姿も目立った。

「きゃあ、為長さまがこっちを見た」

「かっこいい」

にぎやかにはやし立てる。

ついぞなかった雰囲気だ。

「あっ、烏帽子を脱いだ」

「わあ、宙返り」

「すごーい」

「それからすぐ竹刀を打ったわよ」

「だれも勝てないわね」

娘たちの声が響きわたった。

「われらは真面目に稽古をしておる。邪魔をするのなら立ち去れ」

見かねた道場主の志水玄斎が言った。

「はあい」

「相済みません」

さしもの娘たちもしゅんとして引き下がった。

代わりに、二人の男が前へ進み出た。

何がなしに苦々しげに公家隠密の稽古を見る。

どちらのまなざしにも、明らかに険《けん》があった。

四

その晩——。

江戸のとある一角で、酒盛りが始まっていた。

道場の床で男たちがあぐらをかき、茶碗酒を呑んでいる。

「気に入らぬ」

無精髭《ぶしょうひげ》を生やした男が顔をしかめた。

大江戸無双流《おおえどむそうりゅう》の道場主、犬飼甚兵衛《いぬかいじんべえ》だ。

「京から流れてきた公家ごときに、この江戸で大きな顔はさせぬぞ」

道場主はそう言って、また酒をくいとあおった。

「うちと違って、大層な盛況でしたな、あの道場は」

門人が言う。

「かつてはわが大江戸無双流もそれなりに栄えていたのだが、一人減り、また一人減り、すっかり閑古鳥《かんこどり》が鳴くようになってしもうた」

犬飼甚兵衛が唇をゆがめた。

「いずれはまた人も増えましょう」

もう一人の門人が追従《ついしょう》の笑みを浮かべた。

「どうだかな」

道場主の顔がまたゆがんだ。

大江戸無双流の道場の衰退は著《いちじる》しかった。江戸に道場の数は多い。おのずと競い合いになる。

昨今はあきんども好んで剣術の修行をしたりする。剣の腕はからっきしでも、銭を持っているから、言わば上得意だ。

その機嫌を取りながら門人と実入りを増やしていくのが、道場の舵取《かじと》りの勘どころだ。

その調子でござる。

また一段と腕があがりましたな。

などと声を発しながら、したたるような笑みを浮かべる。

まあ男芸者のようなものだ。

大江戸無双流の道場は、いっさいそういう斟酌《しんしゃく》をしなかった。

腕の甘い者は、「出直してこい」とばかりにこてんぱんにたたきのめす。これでは銭を落としてくれるあきんどの門人は増えるべくもなかった。

「ともかく、公家隠密とやらは気に食わぬ」

犬飼甚兵衛は吐き捨てるように言った。

「公家なら京へ帰れ、と」

「ここは江戸ですからな」

門人たちも言う。

「ここは一つ……」

道場主は酒を呑み干してから続けた。

「懲《こ》らしめてやるか」

嫌な目つきで言う。

百匁蠟燭《ひゃくめろうそく》の灯りが、その悪相を浮かびあがらせた。

「討ち入りですな」

「道場破りで」

門人たちが身を乗り出した。

「おう、やってやる」

犬飼甚兵衛が太い二の腕をたたいた。

かくして、相談がまとまった。

五

「頼もう」

野太い声が響いた。

八つどき（午後二時ごろ）の東西館だ。

道着をまとった三人の男が姿を現した。みな木刀を提げている。

「われこそは大江戸無双流道場主、犬飼甚兵衛なり。巷《ちまた》で噂《うわさ》の公家隠密とやらとぜひ手合わせしたく参上いたした。いざ、勝負」

犬飼甚兵衛が木刀を構えた。

ほかの門人と稽古をしていた公家隠密が動きを止めた。

おおむねいまごろに顔を出し、一刻（約二時間）ほど稽古と指導をするのが習いとなっている。

「待たれよ」

道場主の志水玄斎が右手を挙げた。

「当館は柳生新陰流の道場なり。人を傷つけぬよう、新陰流ではひき肌竹刀を用いる。木刀は厳禁なり」

厳しい顔つきで言う。

「無双の力を誇る公家隠密どのなら、木刀など児戯《じぎ》に類するはず。ぜひお頼み申す」

犬飼甚兵衛は嫌な笑みを浮かべた。

「心得た」

公家隠密はただちに言った。

今日は桜色の烏帽子だ。

首にしっかりと紐《ひも》をかけているとはいえ、普通の者が稽古をすれば途中で脱げてしまうだろう。

さりながら、公家隠密は体の幹がしっかりとできている。決して揺るがない。頭の位置も無駄に上下しない。ゆえに、烏帽子が脱げ落ちたりすることはなかった。

「良いのか」

玄斎が気づかった。

「はい」

公家隠密は短く答えた。

「為長さま、しっかり」

「気張ってくださいまし」

声が響いた。

今日も外に見物衆がいる。大半が髪を桃割れに結った娘だ。

「ならば、いざ」

犬飼甚兵衛が木刀を構えた。

「まずはそれがしが」

「それがしも」

門人たちが言った。

「おう」

大江戸無双流の遣い手は一歩下がった。

「お願い申す」

涼やかな声で、公家隠密が言った。

「いざ」

一人目の門人が木刀を構えた。

六

「目障《めざわ》りな公家を懲らしめてやれ」

大江戸無双流の道場主が言った。

「はっ」

すかさず門人が打ちこむ。

公家隠密はさっと体を開いた。

敵の木刀をかわしたかと思うと、その場でひらりと跳び、鋭くひき肌竹刀を打ち下ろした。

「そうだ」

志水玄斎が思わず声を発する。

ばしーん、といい音が響いた。

公家隠密の一撃が門人のこめかみをたたく。

その体が、ぐらりと揺れた。

間髪《かんはつ》を容《い》れず、公家隠密は次の攻撃を繰り出した。

脳天をたたく。

ひき肌竹刀とはいえ、無防備でしたたかに打たれてはたまらない。

門人は白目を剝《む》いて床に倒れた。

「何をしておる」

犬飼甚兵衛が叱咤《しった》した。

「はっ」

もう一人の門人が前へ進み出た。

ただし、その表情は硬い。

無理もない。

目の前で仲間がやられてしまっている。

「しっかり、為長さま」

「気張って」

また娘たちの声が飛んだ。

「うるさい。静まれ」

犬飼甚兵衛がひと声発した。

「いざ、打ってくりゃれ」

公家隠密はひき肌竹刀をだらりと下げた。

門人の顔がゆがむ。

うかつに攻めれば、たちどころに打ち返されてしまう。

相対していれば、それは気配で分かった。

「行けっ」

大江戸無双流の道場主が声を発した。

その声に背を押されたように、門人はやみくもに踏みこんでいった。

「ていっ」

公家隠密は敵の隙を見逃さなかった。

すさまじい勢いで振り上げられたひき肌竹刀は、道場破りのあごを過《あやま》たず打った。

「ぐえっ！」

門人がうめく。

またしても、一撃の悶絶《もんぜつ》だった。

七

「どいつもこいつも、役立たずめ」

犬飼甚兵衛の顔が怒りで朱《しゅ》に染まった。

「おれが相手をしてやる」

木刀を提げ、ぬっと公家隠密の前に立ちはだかる。

志水玄斎が師範代の敷島大三郎に目配せをした。

床で伸びている二人の門人を指さす。

それと察した師範代は、水の入った桶《おけ》を運んだ。

柄杓《ひしゃく》で顔に水をかけると、したたかに打たれた道場破りたちはやっと息を吹き返した。

「その目障りなものを脱げ。ここは江戸だ」

犬飼甚兵衛は頭に手をやった。

公家隠密は渋く笑った。

烏帽子を脱ぎ、門人のほうへさっと投げる。

「きゃあっ」

「髷《まげ》もかっこいい」

見物の娘たちがはしゃいだ。

「うるさいっ」

犬飼甚兵衛が一喝《いっかつ》した。

間合いを詰める。

「われこそは大江戸無双流免許皆伝、犬飼甚兵衛なり」

免許皆伝も何も、おのれが発しているのだが、道場主は平然とそう言い放った。
「江戸の気を悪うする公家隠密とやら、覚悟せよ」
そう言うなり、大江戸無双流の剣士は渾身《こんしん》の力をこめて木刀を振り下ろした。
誤って受ければ、脳天をたたき割られてしまう。
剣呑《けんのん》なひと振りだ。
しかし……。
公家隠密の動きは俊敏だった。
後ろへ宙返りをして避ける。
烏帽子を脱いでいればこその受けだ。
間合いができた。
「おのれっ」
犬飼甚兵衛が踏みこんできた。
隙あり。
いまだ。

公家隠密は床を蹴った。

「とおっ」

軽々と宙に舞う。

ひざ蹴りを見舞う。

蹴鞠で鍛えた公家隠密のひざは、道場破りの顔面に深々とめりこんだ。

「てやっ」

さらに、ひじ打ちを食らわせる。

これもほおに命中した。

犬飼甚兵衛の体がぐらりと揺らいだ。

大江戸無双流の遣い手は、前のめりに倒れて悶絶した。

第十章　再び春田屋敷

一

「四子《よんし》でもいけませんなあ」

榎本孝斎が浮かぬ顔で言った。

長屋の診療所だ。

なにぶん藪《やぶ》医者につき、暇をもてあますことが多い。そこで、庭で鍛錬をしていた公家隠密に声をかけ、烏鷺《うろ》の争い（囲碁《いご》）をすることになった。

医者としての腕は頼りないが、囲碁に関しては孝斎はそれなりの打ち手だ。あまり負けたことはない。

さりながら……。

公家隠密の腕前は、はるかに上だった。

蹴鞠《けまり》や双六《すごろく》と同様、碁石を自在に打ちこなす。

ことに、天元《てんげん》に近いところに妖《あや》しい着手を行う。

一見すると、意図が読めない。しかしながら、局面が進むと、ふしぎなことに
その石が光り輝いてくる。公家隠密の碁には端倪《たんげい》すべからざるところがあった。

「まろのほうの陣立てが整ってきましたな」

烏帽子《えぼし》姿の男が言った。

「せめて囲碁ではひと太刀《たち》浴びせたきところなれど」

藪医者はそう言って、石音高く黒石を打ち下ろした。

公家隠密がただちに白石を置く。

黒の無理気味な勝負手を的確にとがめる一手だ。

「うーん……」

藪医者がうめいた。

だんだん打つ手に窮《きゅう》してきた。もがけばもがくほど深みにはまっていく。

その後、十数手進んだ。

「これは投了ですな」

万策尽きた孝斎が石を投じた。

烏帽子が動く。
冷泉為長が頭を下げたのだ。
次の刹那《せつな》――。
公家隠密の表情がそこはかとなく変わった。
かすかな気配を察したのだ。

二

その晩――。
怪しい影が三つ、八丁堀の闇を走っていた。
先頭は犬飼甚兵衛だ。
月あかりのなかに浮かびあがったその顔は、いささか妙だった。
公家隠密のひざ蹴りとひじ打ちを食ったせいで、鼻は折れ曲がり、ほおが腫《は》れていた。
それでも、大江戸無双流の道場主は復讐に燃えていた。

生かしてはおかぬ。

今度は木刀ではないぞ。

真剣で斬《き》って、憎き公家隠密の息の根を止めてくれるわ。


犬飼甚兵衛は、早くも悪鬼のごとき形相《ぎょうそう》になっていた。

二人の門人も同じだ。

東西館で受けた恥は雪《すす》がねばならない。

どちらのまなざしにも火が入っていた。

門人たちはあらかじめ下見をしていた。春田屋敷の周りを歩いて調べたのだ。

そのそこはかとない気配を公家隠密は察知していた。

「ここです」

一人の門人が小声で言った。

「裏手から庭へ忍びこめます」

もう一人の門人が言う。

「うむ」

鼻を折られた道場主がうなずいた。

「成敗《せいばい》だ。抜かるな」

犬飼甚兵衛の声に力がこもった。

「はっ」

門人たちの声がそろった。


目にものを見せてくれるわ。

公家隠密は、今宵《こよい》、絶命ぞ。


大江戸無双流の遣《つか》い手が抜刀した。

月光が怪しく照らす。

門人たちも続いた。

裏手から庭へ忍びこむ。

寝込みを襲い、公家隠密の息の根を止めようと動く。

だが……。

その目論見《もくろみ》は外れた。

「うっ」

犬飼甚兵衛は思わずうめいた。

庭には人影があった。

公家隠密と隠密廻り同心が待ち構えていた。

三

「ご苦労でおりゃる」

公家隠密が笑みを浮かべた。

「待ちかねたぞ」

春田同心も言った。

今夜、刺客が来ることは読んでいた。

公家隠密は盤双六の賽《さい》の目を自在に操《あやつ》るだけではない。出た賽の目からよろずのことを占うこともできるのだ。

「ちっ」

犬飼甚兵衛が大きな舌打ちをした。

すっかりあてが外れてしまったという顔だ。

「意趣返しに来たのでありゃあすな」

長刀を背負った男が言った。

「ならば、返り討ちだ」

春田猪之助が抜刀した。

隠密廻り同心ではなく、一人の武家として成敗する。暮夜《ぼや》、屋敷に刀を携《たずさ》えて侵入してきたのだから、斬られても文句は言えまい。

「やってしまえ」

大江戸無双流の道場主が勇んだ。

「はっ」

「覚悟」

門人たちがすぐさま斬りこむ。

公家隠密の抜刀が遅れた。

まずはさっと身をかわし、間合いを取る。

「覚悟するのは、うぬらでおりゃるよ」

公家隠密は烏帽子を脱ぎ捨てた。

背の長刀を抜く。

月あかりを受けて、刃《やいば》が白く光った。
「とりゃっ」
一人目の門人がむやみに攻めこんできた。
腰が入っていない醜い剣だ。
「きーえーいー！」
気合一閃《いっせん》、公家隠密は宙に舞った。
その姿は、束《つか》の間《ま》、闇の中に消えたかのように思われた。
虚を突かれた門人の動きが止まる。
次の刹那――。
公家隠密の長刀がすさまじい勢いで振り下ろされた。
悲鳴は放たれなかった。
門人の首は、一刀で刎《は》ねられていた。

四

もう一人の門人が我に返った。

とても相手にはならない。

次はおのれがやられる。

仲間の首が飛んだのを見てそう悟ったのだ。

「うわあああっ」

やにわに叫ぶと、門人は一目散に逃げだした。

「待て」

その前に、春田猪之助が立ちはだかった。

「神妙にせよ」

手にしているのは十手《じって》ではなく刀だが、同心口調で言う。

「あひゃひゃひゃ」

たが外れたような笑い声を発するなり、門人はやみくもに斬りこんでいった。

迎え撃つ。

猪之助の剣筋に揺るぎはなかった。

手ごたえがあった。

袈裟懸《けさが》けだ。

門人の体がぐらりと揺れた。

「とどめだ」

もう一太刀浴びせる。

二人目の門人はもう声を発しなかった。

枯れ木のように斃《たお》れていく。

どさり、と乾いた音が響いた。

それで終わりだった。


犬飼甚兵衛だけが残った。

「京へ帰れっ」

公家を忌《い》み嫌う男は、半ば叫ぶように言った。

「ふふふ」

短く笑うと、公家隠密は烏帽子を取り上げてさっとかぶった。

「京の公家は嫌いでありゃあすか」

冷泉為長が長刀を構えた。

「虫唾《むしず》が走る」

犬飼甚兵衛は吐き捨てるように言った。

「まろも、京の陰謀公家は嫌いでありゃあすよ」

公家隠密が言った。

「江戸で悪党退治をしているほうが性に合ってるな」

うしろに控える春田猪之助が笑みを浮かべた。

「退治されるのは、うぬのほうだ。覚悟せよ！」

そう言うなり、犬飼甚兵衛は跳ぶがごとくに打ちこんでいった。

一刀流の剣筋だ。

まずは受ける。

全力で受ける。

ばっ、と火花が散った。

「とりゃっ」

公家隠密は押し返した。

間合いができる。

「死ねっ」

大江戸無双流の剣士がまた斬りこんできた。

がんっ、と受ける。

初太刀に比べると、その力は明らかに弱まっていた。
さらに、いくたびか応酬があった。
敵の剣筋はすべて見切った。
「命乞いをするなら、いまでありゃあすよ」
公家隠密は慈悲をかけた。
しかし……。
犬飼甚兵衛が剣を納めることはなかった。
「黙れっ」
さらに斬りこんでくる。
そろそろ潮時だ。
公家隠密の構えが変わった。
上段だ。
烏帽子と剣が重なる。
魔王のごとき姿だ。
「てやっ！」
すさまじい速さで、長刀が振り下ろされた。

敵の剣は届かなかった。

先んじた公家隠密の剣は、犬飼甚兵衛の頭を斬り裂いていた。

「ぐえっ」

声が放たれる。

血しぶきが闇に舞う。

「慈悲でありゃあすよ」

公家隠密がとどめを刺した。

袈裟懸けに斬ると、大江戸無双流の道場主は朽木《くちき》のように斃れていった。

五

公家隠密が道場破りを返り討ちにした件は、さっそくまたかわら版になった。

新丈の三味線《しゃみせん》に乗せて、八十島大膳が調子よく売り声をあげる。

「さあさ、買ったり。公家隠密がまたしても悪党退治だ」

よく通る声が両国橋の西詰に響く。

「道場破りを返り討ちにしたら、あろうことか、真剣を引っ提げて夜討ちに。さてさて、その首尾やいかに」

大膳は刷り物をひらひらと振った。


べべん、べんべん、べんべんべんべんべん……


新丈の三味線は今日も快調だ。

「さてもさても、素晴らしきは公家隠密。この勢いなら、江戸じゅう、いや、日《ひ》の本《もと》じゅうの悪党どもを根絶やしにせん。すさまじきかな、ありがたきかな」

大膳は口上を続けた。

「おう、一枚くんな」

「早く読みてえぜ」

サクラが手を伸ばす。

「おいらにもくんな」

「凄《すげ》えもんだな、公家隠密ってやつは」

客は次々にやってきた。

そのなかに、異貌《いぼう》がひときわ目立つ男がいた。わらべが見たら泣きだしてしまいそうな面相で、因果物の小屋の呼び込みが似合いそうな風貌だ。

「あきないがたきにも一枚」

男が手を差し出した。

「これはこれは、蔵臼《くらうす》先生。ふつつかなかわら版ですが、お読みいただければ幸いです」

大膳がうやうやしく刷り物を差し出した。

「いや、お代は払いますぞ」

異貌の男が銭を払った。

戯作者《げさくしゃ》の蔵臼錦之助《きんのすけ》だ。

本業ではあまり当たりが出ていないが、器用貧乏と紙一重《かみひとえ》の才人で、かわら版や引札の文案づくりも手がけている。たしかに大膳のあきないがたきだ。

「恐れ入ります、先生」

大膳は年上の戯作者を立てた。

蔵臼錦之助はさっそく刷り物に目を通しはじめた。

「烏帽子をかぶった凄腕の公家隠密、まことに絵になりますなあ」

例によって橋場仁二郎が描いた絵を見て、異貌の男が言った。

「剣の腕ばかりでなく、よろずのことに通じていますからな。……あ、さあさ、買ったり。公家隠密、またしても大活躍ですぞ」

大膳は客に声をかけた。

「なるほど、これは人気もうなずけますな」

かわら版を早くも読み終えた蔵臼錦之助が言った。

「芝居にもなりそうです」

大膳が言う。

「それはやつがれも思いついたところで」

目の大きい異貌に笑みが浮かんだ。


べべん、べんべん……


話を聞いていた新丈が合いの手の代わりに三味線を弾いた。

「ならば、台本を書いてくださいまし、先生」

大膳が水を向けた。

「そうですな。まずは八丁堀の長屋へ行って、会ってみますかな」

蔵臼錦之助が乗り気で言った。

「それなら、いくらでも膳立てを」

大膳はすぐさま答えた。

かくして、とんとんと段取りが進んだ。

六

「まろが芝居に？」

冷泉為長の顔に驚きの色が浮かんだ。

蔵臼錦之助が春田屋敷を訪ね、いま用向きを伝えたところだ。

家主の春田猪之助と妻の多美も同席している。

「いまは江戸じゅうの評判ですからな。芝居に仕立てれば、大当たり間違いなしでしょう」

戯作者がひと目見たら忘れられない作り笑いを浮かべた。

「どうだ。やってみるか」

猪之助が訊《き》いた。

「まろが役者を」

さしもの公家隠密も即答はしなかった。

腕組みをして考えこむ。烏帽子がわずかに傾いた。

「きっと人気が出るでしょう」

多美が笑みを浮かべた。

「悪《あ》しき者どもを退治する芝居なら、世のためにもなるからな」

春田同心が言った。

「やつがれが台本を書きますが、やりたいようにやってくだされぱと」

蔵臼錦之助が言う。

「では、台本の台詞《せりふ》どおりに芝居をせねばならぬわけではないと」

公家隠密は腕組みを解いた。

「もちろんです。その日その時で、好きなようにやっていただいたほうがお客さんも喜ぶでしょう」

戯作者がすぐさま答えた。

「ならば……」

公家隠密は一つ座り直してから続けた。

「まろが得意とする蹴鞠や宙返りなども織りこめると」

「それは望むところで」

　蔵臼錦之助はただちに答えた。

「江戸の民は派手なものを好むからな。好きなようにやればいい」

　猪之助が両手を軽く打ち合わせた。

「それなら、子をつれて見物にまいります」

　多美が気の早いことを言った。

「鳴り物も入れて派手にまいりましょう」

　と、戯作者。

「笛ならまろも吹くゆえ」

　公家隠密は身ぶりをまじえた。

「悋気《りんき》を覚える悪しき歌舞伎役者は成敗されたからな」

　猪之助が白い歯を見せた。

「ほかの役者の芸は、いくらかは目をつぶってもらうことになりましょうが、客の目当ては主役ですからな」

　蔵臼錦之助は公家隠密のほうを手で示した。

「まろが主役か」

冷泉為長が烏帽子に手をやった。

「ほかにはおらぬぞ」

猪之助がすかさず言った。

「公家隠密が御自ら演じる芝居、これはきっと当たるでしょう」

戯作者の声に力がこもった。

「では、気張ってやるゆえ、至らぬところは教えてくりゃれ」

公家隠密は乗り気で言った。

「承知いたしました」

台本を書く男が頭を下げた。

かくして、思わぬ船が出ることになった。

第十一章　公家隠密役者

一

「ここで決め台詞《ぜりふ》、と書いてありゃあすが」

公家隠密が台本を指さした。

「台詞はお任せしますよ」

蔵臼錦之助はいつもの不気味な笑みを浮かべた。

両国橋の西詰の芝居小屋だ。

興行は明日からだが、すでに幟《のぼり》は立っている。

公家隠密冷泉為長、悪党退治
当人主演

そんな文句に加えて、いささか急仕上げではあるが、烏帽子《えぼし》姿の公家隠密も描かれていた。

明日の開演に備えて、いまは打ち合わせの最中だ。主役の公家隠密に加えて、脇役もいる。

「悪党を斬《き》ったあとの台詞でありゃあすな」

公家隠密は思案げな顔つきになった。

「さようです。敵を斬って、客席に向かって見得を切って、決め台詞を。江戸っ子なら、『てめえら、思い知ったか。地獄へ行きやがれ』ってな感じでしょうか」

蔵臼錦之助は声色をまじえた。

「試しにやってみましょうか」

斬られ役の一人が言った。

「ああ、そうですな。そのほうがいいでしょう」

戯作者《げさくしゃ》がすぐさま答えた。

「ならば」

公家隠密が剣を構えた。

金箔《きんぱく》を貼った竹光だ。

烏帽子は金色。狩衣《かりぎぬ》は桜色。

暗めの芝居小屋でも映える派手ないでたちだ。

「では、御免」

「稽古《けいこ》を始めます」

脇役たちが斬りかかっていった。

公家隠密が軽く払う。

「本物の悪党だと思ってやってください」

蔵臼錦之助が注文をつけた。

いまの動きでは芝居にならない。

「承知でありゃあすよ」

公家隠密は笑みを浮かべた。

稽古を続けるにしたがって、だいぶ気が入ってきた。

脇役たちとの息も合ってきた。

「とりゃっ」

斬りこんできた者を、公家隠密は返り討ちにした。

「そこでひと言」

蔵臼錦之助が声を発した。

「この江戸に跳梁《ちょうりょう》する悪党どもは……」

公家隠密は金色の竹光をかざした。

「まろが許しはせぬ。地獄へ墜《お》ちてくりゃれ」

そう言って見得を切る。

「その調子！」

戯作者が満足げに言った。

その後しばらく立ち回りの稽古が続いた。

時が進むにつれて、公家隠密の動きも口もなめらかになっていった。

二

「さあさ、まもなく開演、公家隠密の芝居だよ」

八十島大膳が声を張りあげた。

両国橋の西詰の芝居小屋の前だ。

同じ長屋の公家隠密が初舞台を踏むとあって、今日は呼び込み役をつとめている。

「巷《ちまた》で噂《うわさ》の公家隠密、なんと当人が主役をつとめる前代未聞の芝居だ。その初舞台を見逃すべからず。さあさ、入ったり入ったり」

講釈師の声が高くなった。

べべん、べんべん……

新丈の三味《しゃみ》線《せん》が和す。

だんだん雰囲気が盛り上がってきた。

入口の近くには春田猪之助同心の姿もあった。隠密廻り同心だから、江戸の町に神出鬼没だ。

「出足は良さそうですな」

蔵臼錦之助が満足げに言った。

顔の広い男だから、春田同心とも見知り越しの仲だ。

「うまくいくといいけれども」

猪之助はやや心配げに言った。

「ならば、ご覧になればいかがでしょう」

戯作者が水を向けた。

「いや、つとめの最中にちらりと寄ってみただけゆえ」

隠密廻り同心は答えた。

「本当にあった悪党退治の芝居ですから。ことによると、残党が観にきているかもしれません。それなら、つとめの一環になりましょう」

蔵臼錦之助がいくらか声を落として言った。

「なるほど、うまいことを言うな」

春田同心は苦笑いを浮かべた。

「筆ばかりでなく、口もあきないのうちで」

因果小屋の呼び込みが似合いそうな男が笑みを返した。

「よし。ならば、つとめの一環ということで」

猪之助は軽く右手を挙げると、芝居小屋の入口のほうへ向かった。

三

「東西《とざい》！」

かんっ、と拍子木が鳴った。

幕が開く。

客席に陣取った春田同心は身を乗り出した。

烏帽子姿の公家隠密がいるかと思いきや、案に相違した。

舞台の真ん中に立っていたのは、青い頭巾《ずきん》をかぶった男だった。

「わははは、われこそは中村青猿。江戸一、いや、日《ひ》の本一《もといち》の歌舞伎役者なり」

悪役が名乗りを挙げた。

うしろには手下とおぼしい黒頭巾たちが控えている。

「わははは、おれにできぬことはない。わらべをさらい、かわいがったあげくに殺《あや》めてやった。天下はおれのものだ、わはははは」

とんだ大根芝居だが、悪役ということはだれの目にも明らかだ。

どどん、どんどん、どんどんどんどんどん……

ここで太鼓《たいこ》が鳴った。

「待て」

声が響いた。

舞台の上手《かみて》から、金色の烏帽子をかぶった男が現れた。

公家隠密だ。

「よっ、待ってました」

すかさず声が飛んだ。

「まろは冷泉為長、由緒正しき公家の血を引く者なり」

桜色の狩衣姿の主役が名乗りをあげた。

「生まれは京なれど、流れ流れて江戸ぐらし、縁あって隠密廻り同心の店子《たなこ》となりゃあした。ゆえに、人呼んで……」

芝居の主役は、充分にためをつくってから続けた。

「公家隠密なり！」

大仰《おおぎょう》なしぐさで烏帽子に手をやる。

「よっ」

「日の本一」

客席から声が飛ぶ。

「ええい、片腹痛いわ。やってしまえ」

中村青猿に扮《ふん》した大根役者が竹光を抜いた。

「はっ」

「覚悟」

手下の黒頭巾たちが動く。

斬りこんできた敵を、公家隠密はさらりとかわした。

上段に振りかぶる。

客席に向かって見得を切り、少し間合いを詰める。

「まろが成敗《せいばい》してくりゃる」

公家隠密は金色の竹光を振りかざした。

「うわあっ」

「やられた」

竹光が届いてもいないのに、手下たちは大仰にのけぞって舞台の袖《そで》へ下がっていった。

思わず失笑がもれる。

客席で観ていた春田同心も首をかしげた。

稽古が足りていないのだろうが、これでは田舎《いなか》の猿芝居にも劣る。よほど盛り返さねば評判にはならないだろう。

「臆《おく》したか。地獄からよみがえってくりゃれ」

公家隠密は舞台の袖に声をかけた。

「つとめをしてくれ」

客席に移った蔵臼錦之助が焦《じ》れたように言った。

それを聞いて、死んだはずの二人の黒頭巾が平然とまた姿を現したから、芝居小屋は笑いに包まれた。

これはこれでいい。

「覚悟っ」

「死ねっ」

手下たちが斬りこむ。

公家隠密はさっと烏帽子を脱いだ。

「おおっ」

「凄《すげ》え」

客席がわいた。

公家隠密がうしろへ宙返りを見せたのだ。

あざやかな身のこなしだ。

「覚悟、でおりゃる」

そう告げると、公家隠密は体勢を整え、敵に向かっていった。

今度は敵も抗《あらが》う芝居をした。

それをばっさばっさと斬り倒す。

「この世とは、おさらばでありゃあすよ」

公家隠密は仕上げに入った。

袈裟《けさ》懸《が》けに斬って捨てると、二人の黒頭巾はよろめきながら下がっていった。

四

「ふふふ、ふふふふ……」

中村青猿に扮した青頭巾が、何かを隠し持って舞台に現れた。

「うぬも覚悟、でありゃあすよ」

公家隠密がまた金色の竹光をかざす。

「ふふふ、これを見ろ」

大根役者が隠し持っていたものを客席にかざした。

芝居が下手《へた》なので失笑がもれる。

かざされたのは、わらべの人形だった。

「わらべの命が惜しくば、刀を捨てよ」

青頭巾が言った。

「どうする、公家隠密」

客席から声が発せられた。

蔵臼錦之助だ。

公家隠密は、言われたとおり竹光を捨てた。

ただし……。

それだけではなかった。

ふところから、あるものを取り出した。

笛だ。

やにわに吹きはじめる。

ついぞ聴いたことのない妖《あや》しい音色だ。

「う、うわあ、やめろ」

青頭巾が耳に手をやった。

さらに吹く。

「うわあっ」

大根役者がどうかと思われる芝居をする。

「いまだ」

「やっつけろ」

客席から声が飛んだ。

みな公家隠密の味方だ。

それを聞いて、主役が動いた。

「おおっ」

また歓声が響く。

公家隠密が助走をつけて前方へ宙返りを見せたのだ。

高さのある、見事な宙返りだ。

そのまま素早く青頭巾の背後に回る。

「その子を放せ」

羽交《はが》い絞めにして、わらべを放させる。

舞台の袖から赤い頭巾をかぶった黒子が出てきた。

わらべの人形を奪い取り、そのまま退場する。

うつつに起きた出来事とはまるで違うが、そこはそれ、都合よくこしらえた芝居だ。

「おのれっ」

遅ればせに、青頭巾が竹光を構えた。

「この江戸に跳梁する悪党どもは、まろが許さぬ」

決め台詞が出た。

「地獄へ墜ちてくりゃれ」

そう言うなり、公家隠密は鋭く踏みこんだ。

しばらくの立ち回りのあと、袈裟懸けに斬る。

「ぐわあっ」

臭い芝居をしながら、大根役者が下がっていった。

「これにて一件落着」

公家隠密が見得を切った。

ここで鳴り物が変わった。


トントントントン、トテチクテンテン……


軽快な太鼓に鉦《かね》の音も加わる。

ここで舞台の袖から面妖なものが投げこまれた。

鞠《まり》だ。

派手な紅色の鞠を受け取ると、公家隠密は舞台で蹴鞠を始めた。

「よっ、ほっ」

掛け声とともに鞠を蹴る。

技はだんだん佳境に入った。

「ほっ」

公家隠密の声が高くなった。

鞠が天井に届かんばかりに上がる。

落ちてくるまでに、公家隠密はうしろへ宙返りをした。

得意技だ。

さっと鞠を受け取り、満面に笑みを浮かべる。

「よっ」

「日の本一！」

芝居小屋は喝采《かっさい》に包まれた。

五

「まずまずでしたが、改めるところはいろいろありましたな」

蔵臼錦之助が言った。

南茅場町の東西館に近いいつもの蕎麦屋《そばや》だ。公家隠密に加えて、つとめにひと区切りつけた春田猪之助の姿もある。

「まろは芝居に不慣れゆえ」

公家隠密がそう言って、つまみの揚げ蕎麦をかりっと嚙《か》んだ。

「いやいや、芝居は上々でしたが、もっと盛り上げることはできただろうと」

戯作者がそう言って猪口《ちょこ》の酒を呑み干した。

「たしかに、悪役があまりにも大根で」

春田同心が苦笑いを浮かべた。

「こちらの銭にかぎりがありまして。上手《じょうず》な役者は雇いづらいところで」

戯作者があいまいな表情で答えた。

「その分、まろが気張ればいいでありゃあすよ」

公家隠密は笑みを浮かべた。

「さようですな。次は錦絵もできあがるので」

蔵臼錦之助が両手をぽんと打ち合わせた。

「ますます人気が上がるな」

猪之助がそう言ったとき、蕎麦が運ばれてきた。

「あとで鱚天《きすてん》もお持ちします」

おかみが言う。

「おう、酒も頼むぜ」

春田同心が銚釐《ちろり》をかざした。

「承知いたしました」

おかみは愛想よく答えた。

蕎麦をたぐりながら、その後も打ち合わせが続いた。

からりと揚がった鱚天にも舌鼓《したつづみ》を打つころには、いい案が次々に出た。

「それなら、格段に盛り上がるでしょうな」

蔵臼錦之助が満足げに言った。

「まろの腕の見せどころでありゃあすな」

公家隠密が身ぶりをまじえた。

「さりながら、脇役の数が足りますかな」

猪之助が何かを回すしぐさをした。

「はは、裏方は一人何役も掛け持ちで」

蔵臼錦之助が答えた。

「なるほど、それなら」

春田同心がうなずく。

「やつがれも、黒頭巾をかぶって最後だけ舞台に立ちましょう」

戯作者は乗り気で言った。

「次は家族が観にいくと言っているからな」

猪之助が公家隠密に言った。

「乞うご期待、でありゃあすよ」

公家隠密はそう言うと、小気味いい音を立てて残りの蕎麦を啜《すす》った。

六

「この江戸に跳梁する悪党どもは、まろが許さぬ」

公家隠密の口から、決め台詞が発せられた。

客席から観ていた多美が身を乗り出した。

その両脇には左近と右近もいる。

「地獄へ墜ちてくりゃれ」

立ち回りが始まった。

「しっかり」

「気張れ」

春田家の二人のわらべが声援を送る。

「やっつけてやれ」

「負けるな、公家隠密」

　客からも声が飛んだ。

「きゃあっ」

「こっち見た」

　娘たちの黄色い声も響いた。

　立ち回りの最中なのに、公家隠密が流し目を送ったのだ。

　打ち合わせで加わった動きだ。

　それやこれやで、立ち回りはずいぶんと長くなった。

「公家隠密、ここにあり」

　金色の竹光が大上段に振りかざされた。

「まろが成敗いたす」

　公家隠密はとどめの一刀を繰り出した。

「ぐわあっ」

　青頭巾がのけぞる。

　大根役者なりに、動きはさまになってきた。

よろめきながら退場する。

「これにて一件落着」

公家隠密が大見得を切った。

「わあ、すごい」

「かっこいい」

左近と右近が手を拍《う》ちながら言う。

ここで鳴り物が入った。


トントントントン、トテチクテンテン……


軽快な太鼓に鉦の音も加わる。

ここまでは前と同じだが、一つ趣向が加わった。

「東西！」

鳴り物が止み、どん、と一つ太鼓が鳴った。

戸板が舞台に運びこまれる。

公家隠密は狩衣の内側に忍ばせていたものを取り出した。

手裏剣《しゆりけん》だ。

「いざ」

声を発するなり、公家隠密は鋭く打った。

ぐさり、と戸板に突き刺さる。


どどん、どんどん……


太鼓が響く。

公家隠密は続けざまに手裏剣を打った。

すべて命中した。

あざやかな腕だ。

「よっ、お見事」

「百発百中」

声が飛ぶ。


トントントントントン、トテチクテンテンテン……

鳴り物が旧に復した。

ここからは蹴鞠だ。

「よっ、ほっ」

まずは紅色の鞠を蹴る。

途中でもう一つ、銀色の鞠も飛んできた。

これも受け、器用に二つ蹴る。

「うわあっ」

「すごいすごい」

春田家のわらべたちが声をあげた。

二つの鞠を蹴りながら、公家隠密が途中で宙返りをまじえたのだ。

まるで軽業師だ。

「東西！」

鞠が三つに増えた。

最後は金色の鞠だ。

ここでうしろに黒子がずらりと現れた。

なかには蔵臼錦之助も含まれている。

黒子たちは手にした傘をいっせいに開いた。

紅白金銀青緑……。

色とりどりの傘だ。

「よっ、ほっ」

公家隠密の蹴鞠に合わせて傘が回る。

鳴り物に三味線が加わった。

いよいよ幕切れだ。

「よっ、日の本一」

「公家隠密がいちばんだ」

「凄え凄え」

芝居小屋は大変な盛り上がりを見せた。

「ほっ」

公家隠密が三つの蹴鞠を胸に抱き、舞台の真ん中にすっくと立った。

裏方がすかさず駆け寄り、紅色の烏帽子を載せる。

「これにて、一件落着」

公家隠密は決め台詞を繰り返した。
芝居小屋は喝采に包まれた。

終章　動く関所

一

初めこそ危なっかしかったが、公家隠密の芝居の人気は上がった。
両国橋の西詰の芝居小屋の前には列ができるほどになった。
その列に、春田屋敷の長屋の店子《たなこ》たちが並んでいた。
藪《やぶ》医者の榎本孝斎と、絵師の橋場仁二郎だ。
「やってますな」
孝斎が笑みを浮かべた。
べべん、べんべん……

新丈の三味線《しゃみせん》に合わせて、八十島大膳が芝居の呼び込みをしている。

「さあさ、入ったり。いま江戸でいちばん人気の公家隠密だ。錦絵も飛ぶように売れてるよ」

大膳が刷り物を振る。

「大したものですね」

橋場仁二郎が感心の面持《おもも》ちで言った。

「同じ長屋の店子ですからな。われらも鼻が高い」

藪医者は上機嫌だ。

「さあさ、入ったり入ったり……おお、先生と絵師さん」

仲間に気づいた大膳が声をかけた。

「今日は見物に来ました」

「楽しみで」

同じ長屋の二人が答えた。

「ゆっくりご見物を」

呼び込み役が笑顔で言った。

べべん、べんべん……

言葉の代わりに、新丈は軽やかな三味線を響かせた。

二

そんな調子で、公家隠密の人気がうなぎのぼりになったある日、奉行所に戻った春田同心に小園与力から声がかかった。

「お奉行から公家隠密の件で話があってな」

小園与力は声を落として言った。

「お奉行からですか」

春田同心の表情が引き締まった。

「そうだ。ちょいと書院で」

小園与力は身ぶりをまじえた。

ややあって、北町奉行所の一角にある書院で相談事が始まった。

「お奉行はただのつなぎ役で、肝心の話を持ってきたのは幕閣の要《かなめ》となるお人らしい」

小園与力が伝えた。

「と申しますと……」

猪之助はあごに手をやった。

「幕閣の要たる、ご老中だ」

上役は重々しく言った。

「ご老中が、うちの公家隠密に何用が」

春田同心の顔に驚きの色が浮かんだ。

「分からぬ」

小園与力はすぐさま言った。

「いずれにせよ、段取りが整えば、登城してもらわねばならぬ。遅くとも前の日には知らせが行く」

上役はそう伝えた。

「承知しました。支度をさせておきましょう」

猪之助はそう請け合った。

「頼む。用向きはそれだけだ」

小園与力はそう言うと、すっと腰を上げた。

三

幾日か経ち、段取りが整った。

公家隠密は狩衣《かりぎぬ》に烏帽子《えぼし》のいでたちで登城した。

江戸での後見役として、春田猪之助も随行することになった。こちらは紋付き袴《はかま》に威儀を正している。

御城の書院でしばらく待たされた。

「何の用向きだろうな」

春田同心はやや不安げに言った。

「まろが巷《ちまた》で人気ゆえ、蹴鞠《けまり》を披露《ひろう》せよということやもしれぬと、一応のところ備えはしてきたが」

公家隠密は背負ってきた嚢《ふくろ》を手で示した。

鞠ばかりではない。請われたら芸を披露できるようにと、笛や手裏剣《しゆりけん》なども入れてきた。いつもなら狩衣の内側に手裏剣を忍ばせるのだが、さすがにそれで老中に謁見《えっけん》することはできない。

「ご老中はそれほど暇ではあるまい」

猪之助は首をひねった。

だいぶ待たされたが、呼び出しがかかった。

小姓の案内で、老中が待つ座敷へ向かう。

切れ者で鳴る初老の老中は、烏帽子と狩衣姿の男を見て笑みを浮かべた。

「そなたが公家隠密か」

老中は渋い声で問うた。

「はっ、人呼んで公家隠密、冷泉為長と申します」

公家隠密は少し芝居がかった口調で名乗った。

「公家の出なのだな」

と、老中。

「さようでございます。傍流《ぼうりゅう》ゆえ京を離れて江戸へ流れ、縁あって町方の隠密廻り同心の店子となっております」

公家隠密はさりげなく春田同心のほうを手で示した。

「それで公家隠密か。面白い」

切れ者の老中が言った。

「恐れ入ります」

公家隠密はていねいに一礼した。

「聞くところによれば、江戸で跳梁《ちょうりょう》する悪党を退治し、その実演の芝居にて人気を博しているそうだな」

老中はいくらか身を乗り出した。

「芝居らしく誇張はされておりますが、実演に違いはございません」

公家隠密は慎重に答えた。

「昨今は世にさまざまな悪党が跳梁している。なかには諸国を股にかけて暗躍する悪党もいる。旗本や御家人、あるいは神仏に仕える身でありながら悪事に荷担する者もいる。さらに言えば、人を統《す》べる身でありながら悪しき行いに手を染めている者もいると仄聞《そくぶん》した。由々《ゆゆ》しきことだが、世に悪の種は尽きぬ」

老中の言葉はしだいに熱を帯びてきた。

「この公家隠密、微力ながら、世を正しゅうするために働く所存でございます」

公家隠密の言葉にも力がこもった。

「頼もしい」

老中はうなずいた。

「向後も頼むぞ」

幕閣の中枢を占める者が言った。

「はっ」

公家隠密はいい声で答えた。

「隠密は表向きの正史には載らぬが、世のため人のため、わが幕府のために働いてくれ。悪の跳梁を食い止める関所はいくつあってもよいからな」

老中が言った。

「関所、でございますか」

と、公家隠密。

「そうだ。そなたは動く関所だ」

老中が笑みを浮かべた。

「承知いたしました」

烏帽子がまた動いた。

「この公家隠密、向後も懸命に働きます」

公家隠密は引き締まった顔つきで言った。

四

「まあ、立派な十手《じって》でございますね」

多美が瞬《まばた》きをした。

公家隠密には、公儀から十手が遣《つか》わされた。

町方の同心が持つようなものではない。

いま少し大ぶりで、涼やかな青い房飾りが付いている。

房の色によって役職が分かるが、公家隠密だけに許された特別な十手だ。

「持って歩くか」

猪之助が訊《き》いた。

「それは邪魔になりゃあすよ」

公家隠密はそう言って、海老天《えびてん》に箸《はし》を伸ばした。

お上《かみ》から十手を賜《たまわ》った祝いだ。赤飯と海老天、むろん酒も出ている。

「おれと違って、帯には差せぬからな」

春田同心が身ぶりをまじえた。

「狩衣の内側には手裏剣を潜ませているゆえ、入れるところがない。まあ、部屋の飾りでありゃあすな」

公家隠密はそう言うと、海老天をつゆにつけて口中に投じた。

「では、お芝居の小道具にいかがでしょう」

多美が水を向けた。

「それはいかがなものか。お上から頂戴したものだからな」

猪之助が首をかしげた。

「畏《おそ》れ多いでしょうか」

と、多美。

「芝居では金箔《きんぱく》を貼ったつくり物で充分。軽業もあるからな」

猪之助はそう言って酒を啜《すす》った。

「部屋に飾っておきゃあすよ」

公家隠密は白い歯を見せた。

「魔除けのようなものですね」

多美が言った。

「邪気を祓《はら》うのにも使えるだろう」

春田同心が言う。

「では、次の山稽古《やまげいこ》に」

公家隠密は十手を手で示した。

東西館では折にふれて山稽古を行う。いつも平らな道場では足腰を鍛えられないゆえ、起伏に富んだ場所を走ってからひき肌竹刀《はだしない》を振る。

青葉が目にしみるような季《とき》ゆえ、ひとしきり山稽古を行ってから持参した弁当を広げるのが習いとなっていた。

「そうだな。楽しみだ」

猪之助は笑みを浮かべると、赤飯をわしっとほおばった。

五

昨夜は雨が降ったが、今日は晴れて青空が広がった。

南茅場町の東西館の面々は、弁当の包みや大徳利を提げて山稽古に向かった。

目指すは御殿山《ごてんやま》だ。

品川の海が見える風光明媚《めいび》な場所で山稽古を行ったことはいくたびもあるが、

公家隠密は初めてだ。

いつものように、冷泉為長は烏帽子をかぶって歩いていた。今日は水色の烏帽子だ。ただでさえ上背があるのに烏帽子をかぶっているから、遠くからでもよく目立つ。

「ありゃあ、何だ」

「知らねえのか。いま江戸で人気の公家隠密だぜ」

「あ、かわら版に載ってたやつか」

道行く者たちが小声でささやく。

そればかりではなかった。

噂《うわさ》を聞きつけたのかどうか、丸髷《まるまげ》の娘が二人、思いつめた表情でいきなり通りに出てきた。

「お願いでございます」

「この錦絵にご一筆を」

刷り物と筆を差し出す。

「まるで強訴《ごうそ》だな」

道場主の志水玄斎が苦笑いを浮かべた。

「書いてやれ、為長」

春田猪之助が言った。

「うむ」

公家隠密が筆を取る。

わずかに指が触れた娘の顔が真っ赤になった。

与　冷泉為長

伸びやかな字で錦絵にそうしたためると、公家隠密は娘に返した。

「あ、ありがたく存じます」

「家宝にいたします」

娘たちは上気した顔で礼を述べた。

「われらはお付きのごときものですな」

「大変な人気で」

同行している門人たちが言う。

「成り行きで役者も始めたゆえ、拒《こば》むわけにもいかぬのでありゃあすよ」

まんざらでもなさそうな顔つきで、公家隠密が言った。

六

「では、お願い申す」

師範代の敷島大三郎がひき肌竹刀を構えた。

「お願い申す」

公家隠密が相対した。

御殿山のそこここで、東西館の剣士たちの稽古が始まった。

「てやっ」

敷島大三郎が踏みこんだ。

「ぬんっ」

公家隠密が受ける。

道場の床とは違う。斜面だ。

一歩ごとに足場が変わる。しっかりと足腰の構えをしていなければならない。

「うわっ」

若い門人が声をあげた。

うっかり足を滑らせてしまったのだ。

「気をつけろ」

志水玄斎が叱咤《しった》した。

見守っているだけだが、老齢の道場主もここまでしっかりと山を上ってきた。

「えいっ」

春田猪之助の声も響いた。

門人を相手に、気の入った稽古をしている。

「とりゃっ」

公家隠密の動きにも揺るぎがなかった。

蹴鞠の名手の足腰の強靭《きょうじん》さは無類だ。

山の斜面ももののともしない。

「せやっ」

師範代がまた打ちこんできた。

「とおっ」

公家隠密が受ける。

体の幹が揺るがぬ、たしかな動きだ。

機を見て、公家隠密は坂を上った。

高みに立つと、烏帽子をかぶったその姿がひときわ映える。

「とりゃっ！」

気合をこめて、公家隠密はひき肌竹刀を打ち下ろした。

どうにか受けた師範代の足がもつれる。

敷島大三郎はそのままうしろへ倒れた。

「それまで」

志水玄斎が右手を挙げた。

公家隠密はゆっくりとひき肌竹刀を納めて一礼した。

七

「海をながめながらの弁当は格別だな」

春田猪之助が笑みを浮かべた。

山稽古が終わり、景色のいいところへ移って弁当を広げたところだ。

筍飯《たけのこめし》に小鯛《こだい》の焼き物。栄螺《さざえ》の壺焼き。

蕗《ふき》の薹《とう》やたらの芽の天麩羅《てんぷら》、高野豆腐《こうやどうふ》と山菜の煮物。

海山の幸を集めた春らしい弁当だ。

「京から海は見えぬゆえ、眼福《がんぷく》でありゃあすな」

品川の海を望みながら、公家隠密が言った。

「江戸へ来てよかったか」

猪之助は問うた。

「江戸がいちばんでありゃあすよ」

公家隠密はすぐさま答えた。

「それにしても、こんなに人気が出るとは」

師範代がそう言って、ちょうどいい塩梅《あんばい》の高野豆腐を口に運んだ。

「まさかまさかで」

公家隠密はそう答え、油揚げがいい脇役をつとめている筍飯を口中に投じた。

「あまり浮かれるでないぞ」

道場主が言う。

「それは承知で」

公家隠密がうなずいた。

酒徳利も巡った。

中身は上等の下り酒だ。

「そろそろ余興はどうだ」

猪之助が水を向けた。

「もう一杯でおりゃる」

笑みを浮かべると、公家隠密は茶碗酒を呑み干した。

「余興が楽しみで」

「いろいろ披露してくだされ」

門人たちが言った。

「承知、でありゃあすよ。まずは邪気祓いから」

公家隠密は腰を上げた。

背負ってきた小ぶりの嚢から、あるものを取り出す。

十手だ。

「動く関所たる公家隠密のつとめにふさわしいものをと、お上から賜った十手で」

春田同心が言った。

「立派な十手で」

「房飾りがまた美しい」

門人たちが言う。

その十手を構えると、公家隠密は声を発しながら動かしだした。

臨《りん》！　兵《ひょう》！　闘《とう》！　者《しゃ》！

邪気祓いの九字切《くじき》りだ。

十手が動くたびに青い房飾りも揺れる。

皆《かい》！　陣《じん》！　列《れつ》！　在《ざい》！　前《ぜん》！

九字を切り終えた公家隠密は、しばし海を見てから一礼した。

八

ひょう、ひょうひょうひょう……

笛の音が流れていく。
風に乗って、海の向こうまで響いていくかのような音色だ。

ひょう、ひょうひょうひょう……

魔除けのあとは余興だ。
みな公家隠密が奏でる笛の音に耳を澄ます。心が洗われるかのような調べだ。
そのうち、調子が変わった。
心弾む音色になった。
「そろそろこれか」
猪之助が鞠を取り出した。

金と銀に染め分けられた美しい鞠だ。

「待ってました」

「蹴鞠を見ずば帰れますまい」

門人たちが言う。

ぴーひゃら、ぴーひゃら、ぴっ、ぴっ、ぴぴっ……

楽の音が軽やかに終わった。

公家隠密は笛をしまうと、猪之助が放った鞠を受け取った。

阿吽《あうん》の呼吸だ。

「東西《とざい》！」

自ら声を発すると、公家隠密は得意の蹴鞠を始めた。

えっ、ほっ……

えっ、ほっ……

声を発するたびに、鞠が宙に舞う。
空の青、海の青。
光り輝くいちめんの青葉。
そのなかを、金銀の鞠が躍る。
「おおっ」
歓声がもれた。
公家隠密が得意の宙返りを披露したのだ。
山の斜面をものともせず、冷泉為長はすっくと立った。
落ちてきた金銀の鞠を受ける。
たましいのようなものを胸に抱くと、公家隠密は会心の笑みを浮かべた。

［主要参考文献］

冷泉為任監修『冷泉家の歴史』（朝日新聞社）
井之口有一・堀井令以知『御所ことば』（雄山閣）
『復元・江戸情報地図』（朝日新聞社）
西山松之助編『江戸町人の研究　第三巻』（吉川弘文館）
日本古典文学全集『平家物語』（小学館）
ウェブサイト「和楽」
ウェブサイト「苦沙弥日記」

コスミック・時代文庫

公家《くげ》さま隠密《おんみつ》 冷泉為長《れいぜいためなが》

2024年5月25日　初版発行

【著 者】
倉阪《くらさか》鬼《き》一郎《いちろう》

【発行者】
佐藤広野

【発 行】
株式会社コスミック出版
〒154-0002 東京都世田谷区下馬 6-15-4
代表　TEL.03(5432)7081
営業　TEL.03(5432)7084
　　　FAX.03(5432)7088
編集　TEL.03(5432)7086
　　　FAX.03(5432)7090

【ホームページ】
https://www.cosmicpub.com/

【振替口座】
00110-8-611382

【印刷／製本】
中央精版印刷株式会社

乱丁・落丁本は、小社へ直接お送り下さい。郵送料小社負担にて
お取り替え致します。定価はカバーに表示してあります。

ISBN978-4-7747-6560-0 C0193

COSMIC 時代文庫

倉阪鬼一郎 の好評シリーズ！

書下ろし長編時代小説

盗賊藩主を討伐せよ！
町方与力と火盗長官、戦慄の戦いに向かう

剣豪与力と鬼長官
極悪大名

剣豪与力と鬼長官
押し込み大名

絶賛発売中！

お問い合わせはコスミック出版販売部へ！
TEL 03(5432)7084